LES MERVEILLES

Elena Medel

LES MERVEILLES

Traduit de l'espagnol
par Lise Belperron

la croisée

TITRE ORIGINAL :
Las Maravillas

Ce roman a été publié avec le soutien de Acción Cultural Española (AC/E).

Conception graphique :
Karine Picault – Studio Delcourt

Première publication aux éditions Anagrama, Espagne, en 2020.

La croisée
Groupe Delcourt
8, rue Léon-Jouhaux
75010 Paris
www.editions-lacroisee.fr

Manifestement, l'argent a à voir avec la vie.

PHILIP LARKIN[1]

1. « *Clearly, money has to do with life* », *in* Philip Larkin, *Money*, extrait de *Collected Poems*, Farrar, Straus and Giroux, 2001.

LE JOUR

Madrid, 2018

Elle fouille en vain dans ses poches. Celles de son pantalon sont vides, celles de son manteau aussi : pas même un kleenex humide, froissé. Dans son portefeuille il lui reste à peine un euro, et une pièce de vingt centimes. Alicia n'aura pas besoin d'argent avant le changement d'équipe, mais cette sensation de n'avoir presque rien la gêne. Je travaille à la gare d'Atocha, dans une boutique de sandwiches et de babioles, celle qui est près des toilettes : c'est ainsi qu'elle a coutume de se présenter. Dans la gare, tous les distributeurs lui prendraient une commission, c'est pourquoi elle descend un arrêt plus tôt pour retirer vingt euros à un guichet de sa banque, histoire d'avoir l'esprit tranquille. Une fois son billet dans la poche, Alicia remarque que le rond-point est presque vide, il n'y a guère de voitures ni de piétons. Le jour est sur le point de se lever. Quand elle a le choix, Alicia préfère éviter de travailler le matin : elle peut se réveiller à l'heure qu'elle veut, passer tout son après-midi à la boutique et rentrer directement chez elle. Ces semaines-là – presque toutes en réalité –, Nando se plaint sans arrêt ; elle prétexte que c'est pour sa collègue qui a deux enfants et que ça arrange d'être du matin. Pour elle, c'est un moyen de libérer les premières heures de la journée et de se soustraire aux après-midi de bistrot, avec ses amis à lui – devenus les siens, à force –, aux tapas bon marché, aux bébés au milieu des serviettes en papier pleines de graisse. Alicia pensait que la maternité mettrait un terme à ces habitudes, mais les mères restent jusqu'à ce que les enfants s'endorment, revenant même parfois plus tard si le sommeil est assez profond, et Nando se vexe quand elle essaie d'esquiver le rituel. Donne-moi au moins ça, lui demande-t-il. « Ça » peut signifier passer toutes ses soirées dans le bar du quartier, ou participer à l'excursion cycliste de la saison. Pendant qu'il pédale, elle le suit avec les autres femmes dans une voiture. Alicia estime que l'expression « les chaînes du mariage » n'est jamais aussi vraie que ces week-ends-là : la peau de ses poignets la démange, comme irritée par le métal. La nuit, à l'hôtel – les draps élimés –, Nando se mord les lèvres et lui couvre la bouche parce qu'il ne veut pas qu'on les entende, et quand il a fini il lui demande pourquoi elle essaye toujours d'éviter ces voyages, alors qu'ils lui font tant de bien.

Et ainsi jour après nuit après jour après nuit après jour : copies conformes, pas un seul matin où Alicia se fasse porter pâle et décide de se balader dans la ville, pas une nuit qui lui épargne son éternel cauchemar. Ses chefs – elle en a connu plusieurs, toujours des hommes, autrefois plus vieux qu'elle, maintenant un peu plus jeunes, la chemise rentrée dans le pantalon – l'admirent d'être restée toutes ces années au même poste ; certains lui demandent si elle ne s'ennuie pas de vendre des menus voyage, et elle répond qu'elle se sent heureuse – ils trouvent cela particulièrement réconfortant, ce bonheur qu'elle a, celui de la vendeuse de pains au chocolat, c'est

Patricia, ton nom, n'est-ce pas, et que ça lui suffise. Une fois l'un d'eux avait voulu savoir si Alicia avait des rêves : si tu savais, et elle avait pensé à l'homme qui boite, son corps mort tournoyant sur lui-même, mais le chef du moment pensait plutôt à des appartements de luxe en plein centre-ville ou des mois de vacances sur des plages aux eaux transparentes.

Choisir le tour du matin ou de l'après-midi ne la perturbe pas dans ses habitudes : si elle travaille le matin, tous les soirs, elle passe chercher Nando ou attend qu'il la prévienne d'un coup de sonnette, et ils se retrouvent au bar au milieu des pleurs des enfants des autres ; mais si elle travaille l'après-midi, elle a des façons plus satisfaisantes de mettre à profit son temps libre. Parfois, elle se maquille un peu – elle ne sait jamais très bien quoi mettre en valeur : avec les années, elle a pris du gras au niveau des hanches et des cuisses, et elle a toujours les yeux de rat hérités de sa mère, qui elle-même les a hérités de son père, en tout cas c'est ce que disait oncle Chico –, elle marche dans des quartiers où Nando ne mettra jamais les pieds, prend un air intéressé en buvant son café dans un bar où la cuisinière n'est pas encore arrivée, devant l'étal d'une boucherie qui va bientôt fermer. Au début, elle n'osait pas, Nando étant dans la même ville, de peur qu'il la surprenne, mais ça a fini par arriver : alors qu'elle venait remplir des papiers à la Sécurité sociale, un type s'est mis à lui raconter le roman qu'il était en train de lire dans la salle d'attente. Alicia avait de plus en plus honte de son corps, elle n'allait pas gâcher l'occasion.

Le rond-point d'Atocha est presque vide, il n'y a guère de voitures, ni de piétons : d'ici peu le jour va se lever. Le long de la cuesta de Moyano, les rideaux des kiosques sont tirés, quelques touches de violet – les femmes, elle les voit de loin – sont en train d'empiler des pancartes près du manège. Elle a entendu quelque chose à la télé sur les événements de la journée, mais elle oublie tout de suite, le feu passe au vert, elle traverse en direction de la gare, elle pense à des sujets qui l'intéressent plus.

María dort à poings fermés. Le jour où elle a pris sa retraite, elle a mis son réveil dans un sac en plastique et l'a déposé sur l'étagère de troc de l'association, pour celles qui en auraient besoin. Elle ne l'utilisait déjà plus depuis des années – elle l'avait remplacé, comme tout le monde, par la sonnerie du portable –, mais elle trouvait que c'était un geste symbolique, qu'il devait désormais rejoindre l'histoire de quelqu'un d'autre : maintenant que je n'en ai plus besoin, pensa-t-elle, qu'au moins il serve à ceux qui doivent se lever aux aurores, qu'il accompagne une autre histoire de départ avant l'aube. Elle se réveille presque toujours toute seule, dérangée par la lumière qui s'immisce entre les volets, le bruit de l'eau dans la douche du voisin. Cette journée, elles la préparent depuis des mois. La veille au soir, María a reçu un Whatsapp d'une amie : « je n'arrive pas à croire q ça soit arriV ». Dans les assemblées, les réunions de quartier, María tempère l'enthousiasme des plus jeunes : j'ai dû attendre toute ma vie, les soixante-dix ans que je vais bientôt fêter, pour me réveiller aujourd'hui, venir vous rencontrer, marcher avec vous. À l'association elle écoute les multiples revendications : pour une grève du travail, pour une grève de la consommation, pour une grève des soins. Que chacune choisisse la forme qu'elle préfère, parce qu'elles peuvent toutes servir notre cause, nous ne sommes pas là pour décerner des diplômes de féminisme. Mon mari va s'en rendre compte, s'il ne trouve pas son assiette sur la table. Eh bien, Amalia, tu lui prépares une gamelle avec un potage et il n'a qu'à se le réchauffer. Même ça il ne sait pas faire ? La semaine prochaine, cours de micro-onde, niveau débutant. Moi je vais travailler, parce que je ne peux pas perdre un jour de salaire, mais je vous rejoins l'après-midi devant Atocha. Et s'occuper de soi, ça compte ? Avant de venir j'ai envie de me mettre dans la baignoire jusqu'à ce que je ressemble à un raisin fripé. Bien sûr, aujourd'hui, on prend soin de nous, on prend soin les unes des autres.

La veille, elles se sont donné rendez-vous à l'association : certaines préparaient les sandwiches pour celles qui iraient informer les femmes à la sortie du supermarché ou sur le chemin du travail, d'autres préféraient éviter les piquets de grève, mais elles viendraient tôt le matin au local pour observer ce qui se passait dans les autres villes, dans leurs villes d'origine. Écouter la radio, c'est faire grève ? Et regarder Internet ? Elles déballèrent un plat recouvert d'aluminium et se partagèrent un gâteau. Elles avaient fait cuire des empanadas, les filles préparèrent du houmous et du guacamole, une des plus anciennes plongea sa cuillère dans le pot, comme pour une soupe ou une crème : c'est pas comme ça qu'on mange le houmous, se moquèrent les filles. Cela lui sembla trop moderne, et elle pensa à sa mère, qui avait vécu la guerre et n'aurait jamais gâché la nourriture ainsi : mais vous êtes d'où, du delta du Nil ou de Carabanchel, ici à Carabanchel les pois chiches ça se met dans le bouillon. Pendant qu'elles garnissaient le pain de mie de chorizo et de saucisson, le coupaient en triangles, l'enveloppaient dans du film plastique, et le mettaient au frigo pour le distribuer le lendemain, María énumérait les grèves et les manifestations qu'elles n'avait pas faites : celle des années 70 avec Suárez, celle qui avait précédé les élections et toutes celles qui ont suivi, celle du Non à l'OTAN, celle de 1985 pour les retraites, la grève de 1988 et les deux suivantes, dans les années 90, les manifs contre la guerre en Irak, celle de 2010, les deux de 2012 – celle de Madrid, contre Rajoy, et l'européenne –, le train de l'avortement libre. Mais tu es venue aux marées vertes, se souvient une autre des filles, aux manifestations de la Marée verte, et María raconte qu'à une de ces manifs, une journaliste lui a demandé si elle manifestait pour sa petite-fille, en montrant la fille d'une de ses amies, et qu'elle n'avait pas su réagir, qu'elle avait répondu oui, pour sa petite-fille et toutes ses copines, et les jeunes filles de l'association avaient fait un signe à la caméra, sans démentir. María prononçait familièrement ces noms qui faisaient partie de sa biographie – Felipe, Boyer, Aznar –, même s'il n'y avait aucune chance qu'ils aient entendu parler de cette femme de plus de soixante-dix ans, venue d'un quartier en construction dans une ville du sud pour débarquer à Carabanchel ; une ministre de Zapatero avait décerné un prix à l'association, mais elle n'était pas allée le chercher. La cérémonie avait lieu le matin et elle ne pouvait pas prendre sa journée.

Nando la supplie, donne-moi au moins ça, Alicia. « Ça », ce n'est plus le mariage, pour lequel Alicia a cédé parce qu'il lui assure cet appartement triste dans un quartier triste, ni les enfants ; Nando a compris – presque – qu'ils ne naîtront jamais. « Ça », c'est ce que son mari travestit en week-ends avec le club de cyclotourisme, des jolis paysages en plus ou moins bonne compagnie, ou quelques jours de plus à la plage en compagnie de sa mère à lui, avec laquelle Alicia cultive un silence salutaire ; « ça » se transforme en samedi soir chez un couple d'amis, en dîner dans un restaurant du quartier. C'est dans cela qu'Alicia s'est fourrée – « cela », et non pas « ça » : Nando, vivre avec Nando, se marier avec lui et adapter sa vie à la sienne ; son refus d'avoir des enfants l'oblige à céder au moins une fois par jour : si tu veux quelque chose, tu dois m'offrir quelque chose en échange, si tu refuses il doit y avoir une compensation. Il est encore temps pour Alicia : et si elle lui disait oui, d'accord ; est-ce qu'avec un peu de chance ils parviendraient rapidement à leurs fins, et dans moins d'un an, entendraient les braillements venus du berceau accroché à leur lit ? Aurait-elle du mal à perdre les kilos pris pendant la grossesse ? Ses chefs lui seraient-ils reconnaissants d'avoir expliqué pendant des années que le hamburger n'était pas compris dans le menu ? À moins qu'ils la remplacent par une fille de dix ans de moins, qui s'en ficherait d'avoir un salaire aussi misérable ? Gouttes de lait sur le soutien-gorge, ventre flasque. Il lui faudrait trouver une autre stratégie pour briser la glace avec les inconnus, déjà qu'elle accepte parfois des hommes trop vieux ou vraiment trop bas du front si elle ne trouve rien de mieux, elle a peur que même eux ne supportent pas son corps de mère : un corps de mère n'est pas une bonne occase, pour personne. Son corps de mère, est-ce qu'elle l'imagine ? Comment Nando prendra-t-il l'affaissement de sa poitrine, les vergetures sur les cuisses ? Il cessera de prononcer son nom, et, même en public, il l'appellera « maman », comme si Alicia avait accouché deux fois. Auparavant il aura refusé le sexe, de peur d'endommager l'esprit brillant de sa progéniture sous un assaut un peu brutal – encore un avantage pour Alicia : devenir mère la protègerait du désir de son mari – et lui aura offert des infusions contre les nausées les premiers mois, des colliers de dentition, des vêtements d'allaitement. Elle pense à un bébé – appelons-le Alicita – qui n'existe pas, elle peut donc se complaire dans l'idée d'Alicita, dans ce que suppose Alicita – aurait-elle ses yeux de rat ou ceux de Nando ? – et elle cherche sur Google : robe de grossesse évolutive, t-shirt tunisien, ses seins dans un de ces soutien-gorge effarants. Avec un peu de chance, pendant sa grossesse, Nando s'entichera d'une des filles qui travaillent à l'entrepôt, dans les bureaux – il en a déjà cité plusieurs, sympas, surqualifiées : elle a oublié leurs noms – et il lui fichera la paix un moment, quelques mois, tout le reste de sa vie. Que fera-t-elle d'Alicita, alors, si Alicita existe, et si Nando va voir ailleurs ? Dans un premier élan elle songe à l'utiliser pour ses promenades en ville : un homme s'approche pour l'aider à plier la poussette, une moue mignonne sert de prétexte à une conversation sur le quai du métro. La petite, elle a quel âge – Alicita habillée en rose, avec ses dentelles, deux petites perles aux oreilles peu après la naissance – et elle répondra avec enthousiasme, elle inventera une histoire en profitant de ce qu'Alicita ne sent rien, ne souffre pas, n'entend pas, tout ce qu'elle veut c'est pleurer, téter, déféquer, et qu'on la nettoie : Alicita stationnée à côté du porte-parapluies, dans un appartement de Palomeras ou de Las Tablas, pendant que sa mère le fait avec un inconnu qui lui demande au téléphone s'ils peuvent se revoir, et qui pendant des semaines enverra des photos de sa bite à un prof de maths de Carthagène, dont le numéro a quelques chiffres en commun avec celui d'Alicia. Elle n'arrive pas à s'empêcher de rire, même si ses clients l'entendent : et si Alicita gardait en mémoire une image, un son de ces rencontres ? Tout le reste de sa vie, dans les rêves de sa fille, un corps de femme sur un corps d'homme, un corps d'homme sur un corps de femme, le crépi d'un appartement où les meubles ont tous plus de trente ans, quelqu'un demande que quelqu'un descende, quelqu'un demande que quelqu'un monte, soudain juste avant de se réveiller, Alicita découvre son visage dans le visage de la femme étenduc auprès d'un corps dont elle ne sait rien et qu'elle méprise, en sueur, vraiment heureuse un bref instant.

Et avant, tu rencontrais beaucoup de femmes, aux réunions, María ? C'est une des presque adolescentes qui le lui a demandé, en toute innocence, les mains rouges de gras, des poignets jusqu'au bout des doigts ; María s'inquiétait pour ces mains, si jeunes et déjà abîmées, elle y voyait le signe qu'elles lui seraient plus utiles que sa tête. Le discours de cette fille – la fille de la fille d'une amie, pensa María, avec une étrange fierté – l'impressionnait : malgré son jeune âge, elle avait une façon catégorique d'exposer ses pensées, tout en comprenant les opinions divergentes, mais elle avait trouvé rassurante cette interrogation plus appropriée à une enfant de son âge : je n'arrive pas à croire que les hommes t'empêchaient de parler. J'étais toujours fourrée avec les gars de l'association locale, leur expliqua María. Cinq ou six ans après mon arrivée à Madrid, je me suis fiancée à l'un d'eux. Je l'accompagnais aux réunions pour la réhabilitation du quartier : il y avait pas mal de coins compliqués à l'époque, plus que maintenant, les drogués devant chez moi ne se cachaient pas, et le vol à l'arrachée ne leur suffisait pas, ils avaient toujours besoin de plus, il y avait aussi les baraques illégales, et puis un peu plus loin la prison. Nous avions le sentiment qu'au sud du fleuve, plus personne n'existait : personne, bien sûr, c'était surtout nous, les femmes. Je me suis mise à réfléchir à ce dont on parlait dans les réunions, et j'ai noté le nom de quelques auteurs qu'ils mentionnaient, eux, mais aussi d'autres hommes que je connaissais moins bien, au sein de l'association et dans les bistrots où on buvait des coups. Je sautais d'un auteur à l'autre, et puis encore un autre, et je racontais toujours ce que j'en tirais à cet homme, mon fiancé, Pedro, il s'appelait, et j'en débattais avec lui. À la réunion suivante, il en faisait part au groupe : qu'est-ce qu'il est malin, on dirait un professeur, tout le monde l'admirait. Moi je me taisais, parce que dans sa voix, les choses sonnaient mieux que si j'avais parlé moi-même. Je me suis mise à prendre des cafés avec quelques femmes, ta grand-mère, des amies, chez l'une ou chez l'autre, dans le salon, chez moi, on parlait de sujets à nous, qui ne les intéressaient guère : le divorce, l'avortement, la violence, physique mais aussi verbale. Ta mère m'a recommandé des livres qu'on lui faisait lire à la fac, et j'ai été plus loin dans mes lectures, je me suis rendu compte que plus j'apprenais à penser par moi-même, plus Pedro se sentait mal à l'aise. Ta mère et moi, à force de discuter – c'est ce qu'on a toujours fait, tout le temps – on a décidé de demander à l'association l'autorisation de monter un groupe de femmes. Ils ont pensé qu'on allait s'échanger des recettes de cuisine ou des vêtements qui ne nous allaient plus : il a suffi que ta mère et quelques copines s'installent ici pour qu'on commence à les gêner. La mairie nous a accordé un local, avant de nous le reprendre le jour où on a protesté contre l'absence d'éclairage dans le parc ; avec du fric trouvé à droite à gauche, on a loué un local à nous. Je me tuais à la tâche à l'époque : je travaillais comme femme de ménage dans les bureaux, à Nuevos Ministerios, et je déjeunais sur le pouce, un sandwich dans le métro ou un plat vite avalé sans même m'asseoir, parfois le soir je m'échappais pour aller voir Pedro un moment, et je crois que je ne me suis jamais sentie aussi satisfaite. Même maintenant que je n'ai plus à me lever à l'aube, que je passe toute ma journée à l'association et que je vois que vous êtes de plus en plus nombreuses à donner un coup de main. C'est la première fois de ma vie que j'ai senti que quelqu'un m'écoutait, et respectait ce que je disais. Pas parce qu'il voulait coucher avec moi, pas parce qu'il ne prêtait aucune attention à ma voix, et n'entendait qu'un vague son lointain sans l'identifier, mais parce que quelqu'un me comprenait, était d'accord, pensait que ça valait le coup d'écouter ce que je disais, pour ce que je disais. Et à un moment, penser et pouvoir le dire, joindre l'acte à la parole, l'association, tout cela m'a semblé beaucoup plus important que les propositions de Pedro. Il voulait qu'on vive ensemble, et je me suis rendu compte que ça n'avait rien à voir avec l'amour. Je n'étais pas María, quelqu'un, mais quelque chose, et quelque chose dont il se sentait propriétaire : son appart, sa voiture, son épouse. Cette cicatrice – elle montre son menton, une égratignure qui brille sur sa peau blanche – je me la suis faite en descendant du bus ; j'ai trébuché, je suis tombée, et il n'a pas remué le petit doigt. Après cet accident, nous avons tenu encore une année. Donc la réponse est non : je n'ai jamais rencontré des femmes comme nous, c'est ça que je veux dire. De quoi tu parles, María ? Des femmes pauvres. Même pour protester il faut avoir de l'argent.

LA MAISON

Cordoue, 1969

Le bébé sent le tabac. Quand María prend Carmen dans ses bras, c'est la première chose qui l'interpelle, cette odeur si différente de celle des autres bébés. Chez son oncle et sa tante, la fille de la voisine sent parfois l'oignon, même si sa mère essaie de couvrir l'odeur avec de l'eau de Cologne ; par contre, le bébé de la maison – de la maison où elle travaille, se corrige María ; pas de sa maison à elle, qui n'existe pas – est né quelques mois avant sa fille, et il a une odeur sucrée. María a du mal à expliquer ça – qu'est-ce que ça veut dire, une « odeur sucrée » ? – parce qu'elle n'a jamais rien connu de pareil, mais maintenant elle la reconnaît dans les boutiques, les salons de thé. La fille de la voisine joue avec les casseroles l'après-midi et l'enfant de la maison navigue entre son berceau et le couffin du salon ; Carmen passe de la chambre au giron de sa grand-mère, assise devant la grande table. María prend conscience que l'odeur de tabac a peut-être à voir avec sa famille. Dans la cuisine, sa mère fume, son père fume comme un pompier, et elle soupçonne son frère Chico d'avoir commencé à fumer dans la chambre, persuadé que personne ne s'en apercevra. Carmen a une odeur de tabac ;

une odeur de deux-pièces, peut-être, pense María, ou simplement elle songe à ce qu'il y a d'étrange à dormir là, avec elle.

Carmen a fêté son premier anniversaire il y a quelques semaines, et c'est la première fois que María revient chez elle depuis son départ : dans le bus, elle a répété les mots qu'elle utiliserait pour décrire les larges avenues de Madrid, les impasses qu'elle ferait sur les quartiers qu'on lui a interdit de fréquenter. Dans le bus, elle a essayé de parler avec sa voisine, elle a évoqué la météo et les différences entre les deux villes – les avenues, les endroits mal famés – mais n'a reçu pour toute réponse que des balbutiements, des monosyllabes ou des lieux communs. Les temps morts lui font peur ; elle a besoin de s'occuper d'une manière ou d'une autre. Elle s'endort par intermittences, ou observe les couleurs changeantes du paysage : l'âpre jaune de la terre brûle de plus en plus à mesure qu'on s'enfonce vers le sud. Pendant la sieste de sa fille, María a essayé de se reposer, mais elle s'est contentée de s'allonger sur le côté, les yeux ouverts, concentrée sur sa respiration. Elle s'amuse à retrouver ses traits dans ceux de Carmen. Elle se souvient bien des petites mains mignonnes, mais pas de la forte mâchoire qui fait partie de ses pires complexes ; Carmen n'a presque pas de cheveux – elle est brune, comme son père – et ils sont si fins que María évite de lui caresser la tête, par peur de les abîmer. Elle est plus petite que ce que María pensait – beaucoup plus que le bébé de la maison –, le ventre encore gonflé. L'extrême blancheur de la peau vient de la famille de sa mère, pense-t-elle, et elle n'a aucun mal à l'imaginer jeune fille, presque à son âge, les veines saillantes sur les bras et la poitrine. Elle espère que Carmen aura plus de chance.

Dans son souvenir, Carmen tenait tout entière dans ses bras : aujourd'hui elle doit l'appuyer sur sa hanche, parce que les bras ne suffisent plus. C'est amusant, pensera María bien des années plus tard, de voir à quel point la mémoire sécrète ses propres fictions : comment elle remplace ce qu'on estime insignifiant, ou ce qui déçoit nos attentes, par ce qu'on aurait voulu vivre. Toute la journée elle cuisine et nettoie et repasse et obéit, mais le soir, elle se consacre au souvenir. Avant de s'endormir, elle révise le plan de la maison de ses parents : en entrant, un petit vestibule où on accroche les manteaux, à gauche leur chambre – tête de lit en bois, volets presque toujours fermés –, à droite, celle qu'elle partageait avec sa sœur Soledad et son frère Chico – et auparavant avec les plus grands –, au fond la cuisine avec la grande table, puis la cour avec les toilettes ; au début, un simple trou dans le sol, le poids du seau rempli à ras bord dans un coin, n'oublie pas d'aller chercher de l'eau pour les suivants. Ils ont démonté son lit, et mis le berceau de la petite à la place : celui de ses neveux presque adolescents, celui de son petit frère. Les yeux fermés, elle se permet de corriger quelques événements : elle ne monte pas dans ce bus, elle ne rend pas son salut à cet homme, elle n'entre pas dans cette maison.

Certaines photos, qu'elle n'a pas emmenées à Madrid, lui manquent ; les visages s'effacent, maintenant elle a l'impression qu'avec les photos elle aurait pu les avoir près d'elle. Dans sa valise elle n'a gardé qu'un vieux portrait où elle pose avec sa sœur et son père dans la cour de la maison, et parfois elle s'amuse à compter les petites marques que le noir et blanc fait ressortir sur le mur. Quelques mois après son arrivée à Madrid, sa mère lui a envoyé une lettre dictée à Chico : l'écriture, soignée dans les premières lignes, devenait précipitée dès le deuxième paragraphe, et les adieux étaient complètement illisibles, ça l'avait fait rire. Sa mère avait ajouté une autre photographie : un de ses neveux posait devant un gâteau d'anniversaire, et Chico barbouillait de meringue le nez de Carmen, blottie sur ses genoux, tout en tenant sa tête avec tendresse. María l'installa sur sa table de nuit. Elle pensa qu'on la lui avait envoyée pour ça. Mais elle l'utilisait surtout pour avertir sa tante : qu'elle ne se trompe pas sur son compte en voyant la docilité avec laquelle elle se levait aux aurores, préparait le dîner ou nettoyait les toilettes en rentrant du travail. Cette photo disait la vérité.

Quand Carmen se réveille, María s'arrête sur ses yeux : deux petites têtes d'épingle noires. Le bébé s'étire et María réagit : elle s'assoit au bord du lit, tend le cou et regarde le berceau. Elle s'est habituée à câliner le bébé de la maison, à rire avec la fille de la voisine ; mais sa propre fille lui semble étrangère. Carmen gigote comme pour se mettre debout : elle agite les jambes, d'abord un tout petit mouvement, puis plus franc, devant l'absence de réaction ; elle remue les bras, cherche le regard de María. Celle-ci finit par se lever, s'approche du berceau, prend sa fille dans ses bras – l'odeur de tabac – et l'étreint. La petite ne réagit pas à sa tendresse : elle ne remue plus les jambes, mais tend son petit bras droit. María croit comprendre que Carmen montre une vieille peluche dans un coin de la chambre. Quelle fierté pour María à ce moment-là : elle est émue, Carmen est si intelligente qu'elle peut la retrouver dans ses souvenirs, si mature qu'elle veut lui montrer ses jouets. Mais est-ce bien ce qui se passe ? Est-ce bien ce qui se passe ou est-ce María qui projette ce qu'elle imagine sur le bébé ? Sans lâcher Carmen, María ramasse la peluche et la lui donne, mais la petite la rejette d'un brusque mouvement de la main : pas de larmes, pas de cris, même si les gestes du bébé sont de plus en plus impatients. María prend la petite main gauche et l'approche de sa poitrine ; elle se présente, « maman », elle répète, « maman », tout en étant consciente que Carmen ne peut pas la distinguer d'une étrangère. Carmen continue à tendre le bras droit, montrant quelque chose que María n'arrive pas à identifier :

— Qu'est-ce que tu veux, Carmen ?

Carmen comprend autant les paroles de María que María comprend les gestes de Carmen, c'est évident. Doit-elle appeler quelqu'un, demander de l'aide ? Chico ne rentre pas du travail avant tard le soir ; María imagine son père allongé dans son lit, sa mère assise dans la cuisine, Soledad qui coud de l'autre côté de la table. De quoi sa fille a-t-elle besoin ? Le bébé tend son bras, montre une commode large et basse. On lui a expliqué que le premier tiroir est celui de Carmen, les deux suivants sont pour Chico, deux autres pour Soledad, et dans le dernier on garde quelques affaires à elle. Fut un temps où il y avait encore quelques habits, un cahier, un grand bracelet en plastique qu'elle avait trouvé dans la rue et qu'elle avait mis une ou deux fois ; elle avait jeté le bracelet, et mis tout le reste dans sa valise. Mais le bébé, le bébé maintenant : le bébé montre la commode sur laquelle sa mère – la mère de María, la grand-mère de Carmen – lui a changé sa couche ce matin-là.

María s'est trompée : Carmen n'exige ni tendresse, ni attention, simplement quelque chose qui soit conforme à ses habitudes. Carmen exige qu'à son réveil de la sieste quelqu'un la prenne dans ses bras, la sorte de son berceau et l'allonge sur la table à langer improvisée. Peu importe qui : la mère de sa mère, le frère de sa mère, la sœur de sa mère, sa propre mère. Aujourd'hui María s'en charge, mais quand elle rentrera à Madrid, ce sera quelqu'un d'autre, et Carmen ne bronchera pas. Les étrangers ne lui font pas peur. Elle s'est habituée à voir le jour tomber dans les bras des voisines qui se rassemblent à la porte de la maison ; elle n'a pas peur non plus de l'inconnue qui lui répète « maman », l'étreint consciencieusement, et lui offre une peluche. Sur la serviette, Carmen cesse de bouger, elle lève un peu les jambes – comme tous les jours, comme à chaque fois –, elle grogne parce que María a dû rater une étape. Quand elle estime que Carmen est prête, et qu'elle parvient à lui mettre sa couche, María remet la petite dans son berceau, et s'étend sur le lit de son frère. En fermant les yeux, María a la sensation que Carmen – un corps de bébé parallèle au sien, adulte, qui cherche aussi le sommeil – l'observe.

Devant la porte de la maison trois ou quatre femmes, d'abord, puis de plus en plus : jusqu'à huit ou neuf. Leurs voix se confondent, sans rien qui permette de les distinguer, les mêmes mots dans des bouches différentes. Les voisines se réunissent tous les soirs sur le trottoir ; elles déambulent avec leurs chaises, qu'elles apportent de chez elles, parfois elles partagent un peu du dîner si le mari rentre tard. La coutume est née aux commencements du quartier, quand María était toute petite, avant que les grands frères s'en aillent et que naissent les petits. À l'époque on chassait la nuit à la bougie, les rues n'étaient pas éclairées, et les chaises étaient plantées dans la terre. Chico ne se souvient presque plus des allers-retours à la fontaine, avec sa mère. Aujourd'hui, le quartier a changé, même si les rues sont toujours aussi boueuses quand il pleut : Chico en est sûr, ils ont promis qu'ils arrangeraient ça, c'est ce qu'il a entendu au bar il y a quelques semaines. María n'a pas la sensation que le quartier ait changé tant que ça en un an, même si Chico est persuadé que s'ils allaient se promener tous les deux, il y a des tas de choses qu'elle ne reconnaîtrait pas.

— Je suis trop petit pour atteindre le comptoir.

— Je n'arrive pas y croire.

María ne peut s'empêcher de rire : les premiers jours, les clients ne s'aperçoivent même pas de sa présence. Son frère exagère : il a tendance à noircir le tableau, mais peut aussi l'embellir, au besoin, et sa manière de décrire le silence de Soledad, de raconter des anecdotes sur Carmen ou les conversations des voisines amuse María.

— Les premiers jours on ne voyait que ma tête : une tête de gamin qui leur sert les bouteilles. Jusqu'à ce que je me fasse une estrade avec des caisses de soda ; maintenant je dépasse au moins jusqu'à la taille.

Chico a troqué son prénom contre un sobriquet. C'est lui qui se présente ainsi, Chico, comme son père a coutume de l'appeler depuis sa naissance : le benjamin, un bébé blond maigre comme un clou, aux grands yeux clairs – comme María –, bien décidé à ne pas grandir. À six ans, il en faisait à peine plus que quatre ; maintenant, c'est tout juste si on lui en donne onze, alors qu'il en a treize. María était persuadée que Chico serait le seul parmi ses frères à quitter le quartier : il aimait bien l'école, les chiffres. Quand elle a appris qu'il avait laissé tomber les cours pour aider dans le bar d'un des grands, elle a été déçue. C'est ce qu'elle pense tout en essayant de distinguer les mots de son frère au milieu du brouhaha des voisines, cinq ou six ou sept, leur bavardage entre par la fenêtre. Est-ce qu'elle est là ? Oui, elle est bien là. Dans la chambre, avec la petite et son frère. Et lui, il est venu ? Moi je ne pourrais pas. Je ne pourrais pas partir en la laissant ici, comme une babiole qu'on oublie. Moi ce que je ne pourrais pas c'est le faire. Faire quoi donc ? Baisse le ton, sa mère va t'entendre. Elle, elle va t'entendre. Quoi. Il est venu ? Soledad est mieux, si réservée, si tranquille. Et le petit. Je lui ai dit, à la mère, elle n'a pas voulu m'écouter. Tais-toi, le petit, c'est un gamin.

— Ne les écoute pas, la consola Chico, tout en confirmant les soupçons de María : une bouffée rapide, une autre, encore une autre, devant le berceau de Carmen, qui est maintenant dans les bras de sa mère.

— Depuis quand tu fumes ?

— Depuis que je bosse au bar. Ils se moquaient tout le temps. Certains m'appelaient Chica. Je n'aime pas le tabac, mais comme ça, j'ai l'air plus grand. Qu'est-ce que t'en penses ? C'est vrai ?

— Elle est embêtante, la petite ?

— Je ne suis pas là de toute la journée. Le matin je livre l'ouvrage de Soledad à la même heure qu'avant, mais quand je reviens, une fois que je lui ai ramené l'argent, je vais au bar. Il n'y a que Toñi et moi, à vrai dire, mais c'est mieux comme ça. Après le repas du midi on est tranquilles, parfois quelqu'un prend un café, puis arrivent les hommes qui jouent aux cartes et aux dominos, quelques dîners, et on rentre. La petite dort presque tout le temps. Elle n'est pas spécialement rigolote, mais très intelligente. Parfois je parle avec elle, et elle m'écoute comme si elle me comprenait. Elle aime mieux être avec moi qu'avec Soledad, ça c'est vrai.

Ils se taisent tous les deux, au cas où leur sœur les entendrait. Plus qu'un lien, Soledad est comme une ellipse entre eux : elle est née après María, avant Chico, mais on dirait qu'elle débarque d'un autre monde, sans rien de commun avec personne. Assise dans la cuisine, elle coud en écoutant la radio sans arrêt, et c'est à peine si elle déjeune ou se repose. Parfois elle interrompt son travail avant l'heure, et joue à taper dans ses mains devant Carmen, s'efforçant de montrer un peu de tendresse ; mais elle s'ennuie vite. Chico éteint sa cigarette et tend les bras pour que María lui donne Carmen.

— Ils ont quitté le quartier, María.

— Je ne veux pas le savoir.

— Je sais. Mais bon : ils sont partis. Tu pourrais revenir. (Chico se tait, au cas où María aurait envie de répondre, mais sa sœur garde le silence.) C'est comment Madrid ? J'aimerais bien y aller une fois. Peut-être en vacances.

— Chez l'oncle et la tante, il n'y a pas beaucoup de place. Au début, je trouvais tout très bizarre, parce que je les connaissais à peine… Les premiers mois, j'ai dormi avec la cousine, mais depuis son mariage je suis toute seule dans la chambre. Moi aussi je fais comme toi : je me réveille et je file à l'arrêt de bus, parce que la maison est loin. La famille est sympathique, elle paie en temps et en heure. Ils aiment bien tout ce que je cuisine et j'ai mon dimanche, parce qu'ils quittent la ville. J'ai de la chance, presque aucune des filles qui travaillent dans l'immeuble n'a droit à ça : la plupart dorment sur place, les autres travaillent tous les jours. La famille a un enfant à peine plus grand que Carmen, il est assez capricieux, mais c'est plutôt sa mère qui s'en occupe. J'ai peur qu'ils n'aient plus besoin de moi, quand il sera grand.

— Mais du coup tu pourrais revenir, non ?

— Ou emmener Carmen.

Elle perçoit une moue contrariée sur le visage de Chico, comme si ses intentions perturbaient le quotidien de son frère. Carmen devrait être couchée, mais María cède parce que les blagues de Chico ont provoqué chez la petite le premier éclat de rire de la journée. La conversation de la rue se poursuit, certaines voisines continuent à parler d'elle, quelle vie elle doit mener, là-bas, c'est pas pour rien qu'ils l'ont envoyée loin dès qu'ils ont pu, heureusement que la gamine est restée là.

— Ça te manque pas, l'école, Chico ?

— Plus maintenant. Au début, oui. Je n'aimais pas le bar. Tu t'imagines ? J'aurais pu être instit. Je pourrai toujours reprendre plus tard, si j'arrive à me tirer d'ici et que j'ai un peu de temps. Ce qui me manque le plus, c'est de pouvoir emprunter des livres, parfois le soir je m'ennuie. Il va falloir que je trouve quelque chose à faire.

La voix de Chico a mué d'un coup. À peine treize ans, et il doit veiller à ce que le voisin ne file pas sans payer sa consommation, réciter les commandes à sa belle-sœur, déjeuner debout des restes du menu du jour, la cigarette au bec. María pense que Chico s'efforce de sourire en public, mais elle pense aussi aux pensées de Chico tous les soirs, dans son petit lit, pendant que le bébé dort et que Soledad coud en silence.

— La nuit elle pleure énormément, tu ne peux pas t'imaginer. Tu te souviens des premiers mois ? C'est tout l'inverse. Tu dors comme un loir et d'un cri elle t'arrache à tes rêves. Sole se couvre la tête avec l'oreiller, du coup c'est toujours moi qui dois m'en occuper. Ça fait des cauchemars, un bébé ?

Elle n'a presque pas vécu avec Carmen depuis sa naissance ; tout ce qu'elle en sait, c'est ce qu'on lui raconte au téléphone, et dans les lettres, ou elle l'apprend quand la maîtresse de maison part se promener sans l'enfant, c'est là qu'elle a remarqué l'odeur sucrée, si différente de celle de sa fille. Le bébé sent le tabac, comme Chico, dont les ongles jaunissent à cause de la nicotine. Dans la rue, le brouhaha ne cesse pas, et même si elle est sur le point de s'endormir, elle entend parler d'elle – comme peu après l'accouchement : Carmen, dans son berceau, elle et son frère dans le petit lit, Soledad qui dort à poings fermés dans l'autre lit. Parfois elle reconnaît la voix de sa mère, qui esquive la conversation ou tente de changer de sujet. Ils ont quitté le quartier, entend María. Sa femme s'en est aperçue. Comment osait-il rester ici, la croiser tous les jours, dans la même rue, avec les mêmes yeux. Ils n'avaient pas le choix. María sent le corps mince de Chico se décoller du sien, il se lève pour fermer la fenêtre.

— Il fait froid, se justifie-t-il. Il ne faudrait pas que la petite attrape un rhume.

Elle entend Chico fouiller dans son tiroir et sortir de la chambre. Soledad ouvre la porte précautionneusement, se change dans l'obscurité, souhaite une bonne nuit, le sommier grince sous le poids de son corps. Silence : les voisines rentrent chez elles, traînant leurs chaises sur le trottoir. Chico se glisse dans le lit et lui tourne le dos, face au mur. Son frère sent le tabac, pense María, avant que Carmen ne se réveille en pleurant.

María se met à se parler à elle-même, les lèvres qui s'agitent en silence, alors que dans la chambre dorment sa fille, son frère et sa sœur : elle note la chaleur du dos de Chico, le ronronnement de moteur dans la poitrine de sa fille, la respiration dure de Soledad. J'ai envie de dire beaucoup de choses, mais je ne sais pas dans quel ordre. Elle l'a déjà fait d'autres nuits : aujourd'hui, elle répète les mots qu'elle dira à sa mère, à Carmen quand elle sera en mesure de comprendre. Elle repense à des épisodes de sa vie, même ceux qui ne semblent pas avoir d'importance, elle les reprend du début à la fin ; elle corrige quelques gestes et presque toutes les décisions, leur invente des dénouements heureux qui n'ont rien à voir avec la réalité. Carmen, par exemple : dans les histoires que María se raconte avant de s'endormir, Carmen n'existe pas. Et María n'entend pas la voix de son père, ne connaît pas les villes grises, ou seulement plus tard, dans quelques années, quand elle les visitera. Mais Carmen existe, c'est un fait, ses pleurs déchirent la nuit et les réveillent, elle et Chico – Soledad, comme on le lui a dit, cache sa tête sous l'oreiller en faisant semblant de dormir. Carmen existe, les yeux parfois comme des bestioles qu'elle voudrait piétiner, parfois comme les points à relier d'une silhouette, et María a cette idée que peut-être un jour elle pourrait la ramener en ville avec elle, et demander à sa tante de la garder pendant qu'elle travaille. María, pour elle-même : moi j'ai envie de dire beaucoup de choses, mais je ne sais pas dans quel ordre. Elles sont dans ma tête, j'y pense tout le temps, mais quand elles arrivent à ma bouche elles s'évanouissent. Je comprends bien que je me suis trompée et qu'avec ma mauvaise tête, j'ai attiré la honte sur moi, puis sur vous. Si je ne vous envoyais pas d'argent, si je me gardais tout, peut-être que je pourrais donner un peu plus à l'oncle et à la tante, économiser sur le reste, et vivre un jour avec Carmen. Parlez-leur, ils vous le diront : je ne sors presque jamais sauf le dimanche, avec la cousine et son mari, je rentre directement du travail. Carmen ne sait pas qui je suis, et je serais incapable de la décrire. Quand on me demande quelle tête elle a, quel caractère, je décris le portrait que j'ai sur ma table de nuit. Ma fille est immobile, muette, elle ne sait pas qui je suis. Elle est enfermée dans la photo.

María ne parle pas avec sa mère. Personne ne parle avec sa mère, d'ailleurs, ni avec son père : ils jouent leur rôle, se conforment à ce qu'on attend d'eux.

Les parents se comportent comme des parents, ils disposent et ordonnent, et les enfants, comme des enfants : ils obéissent ; María a commis une faute en ignorant cette logique. Depuis qu'elle est revenue, sa mère s'est contentée de lui distiller au compte-gouttes deux ou trois informations sur Carmen – ne t'inquiète pas si elle fait tout ce boucan, on a découvert que ce n'est pas un cauchemar, ni la faim, ni la douleur : elle aime bien s'entendre, c'est tout –, de se plaindre que Chico passe des heures au bar et oublie de ramener de la glace pour le frigo ; et que son père passe sa vie à dormir. María ne parle pas non plus à son père : elle est allée le saluer dans sa chambre dès son arrivée, elle l'a embrassé sur le front. Elle a voulu lui demander quelque chose, comment ça allait, lui donner des nouvelles de son frère – c'est avec lui qu'elle vit, à Madrid, il lui envoie ses salutations –, mais Soledad l'a appelée depuis la cuisine, et quand elle est sortie, son père lui a demandé de fermer la porte.

Dans la cour, les plantes arborent quelques feuilles sèches : María suppose que sa mère n'arrive pas à toutes les arroser, et elles sont en plein soleil. Parfois, avec Soledad, quand il faisait beau, elles sortaient les chaises et cousaient là : les habits sur les genoux, pour éviter de les salir, en tâchant de ne pas faire tomber les aiguilles ou le fil. Quand elle avait visité l'atelier, elle avait été marquée par les machines à coudre – et par les femmes qui les manœuvraient, rapides, rapides –, impressionnée par leur bruit de bataille, mais quand elle et sa sœur cousaient on n'entendait guère plus qu'une dispute lointaine dans une cour du voisinage ou le petit cri de Soledad quand elle se piquait. Si quelque chose leur échappait – une robe ornée de pierres minuscules, toutes fines, qu'elles n'arrivaient pas à retenir, ou pire : l'aiguille qui se perdait – elles se levaient brusquement toutes les deux, comme si dans leur chute le tissu, le cuivre ou le métal les avaient frappées : si María se disait désolée, Soledad s'attribuait la faute, et si Soledad s'excusait, María gardait le silence. Combien de fils noirs et blancs, verts ou bleus, avaient disparu dans le gravier ? Sans parler des aiguilles ! Un jour, Carmen jouerait dans la cour, et María imagina les pleurs de sa fille si elle venait à se piquer les fesses ou la paume de la main. Quand la famille s'était installée dans cette maison, le père de María avait matérialisé un semblant de chemin jusqu'aux toilettes avec des pierres blanches – pour éviter la terre et la boue, mais ce n'avait jamais été plus qu'un dessin, et ses grands frères avaient couvert la terre battue quand ils avaient quitté le foyer familial : dans d'autres maisons, lui dit-on, on a fait ça avec du ciment, en face avec des carreaux dépareillés ; les garçons travaillaient comme maçons, et ils ont pris des pièces à droite à gauche, sur leurs chantiers, comme pour un puzzle dont les morceaux ne coïncident pas. Chez ses parents, la solution choisie reflète plus la négligence que la pauvreté : des voisines avaient suggéré à sa mère de planter quelques arbres fruitiers, comme elles, plutôt que ces arbustes semés le long du mur blanc sale, dont certains étaient aussi hauts que les enfants qui avaient déjà quitté la maison. María n'a jamais entendu ce que sa mère trouvait à répondre – le silence, une phrase évasive, c'est mieux que rien –, mais elle connaissait par cœur ses commentaires en privé : satisfaction quand les racines soulevaient le ciment chez les voisines les plus ambitieuses, et qu'elles devaient les arracher et réparer les dégâts ; plaisir quand les guêpes tournaient autour des vignes et détruisaient les grappes dans les autres cours, jusque chez eux on sentait l'odeur des cataplasmes à l'ail pour soulager les piqûres. Même dormir tranquilles, marmonnait-elle, elles n'y arrivent pas. Mais la nuit les guêpes n'y voient rien, avait expliqué Chico, peu importe ce qu'il y a de planté dans la cour ; le problème c'est plutôt la journée. María avait observé le visage de sa mère, son sourire qui s'estompait.

Chico tient à dire que tout a changé dans le quartier, et sur le trajet de María, de l'arrêt de bus jusqu'à la porte de chez elle – personne n'est venu l'attendre pour l'aider à porter sa valise – elle pense que son frère exagère. Pourtant, quand elle se promène avec Carmen jusqu'à la place, elle reconnaît qu'il a raison, mais peut-être pas pour les mêmes motifs : quand elle reconstitue ces rues mentalement, elle les compare aux rues qu'elle habite désormais. Elle remplace le tracé en damiers – parfaites parallèles, perpendiculaires au cordeau – par un autre plan : une ou deux pierres par-ci, un peu de terre par-là, une sorte de diagonale qui mène au centre-ville. María perçoit cela sur le trajet qu'ils aimaient tant faire le samedi matin, ou parfois le dimanche, Soledad, Chico et elle, dans cet ordre : elles se tenant par le bras, et lui qui courait devant. Aujourd'hui, elle tient Carmen contre sa poitrine, face à la route, entre ses bras, et si le poids la fatigue trop, elle la met sur sa hanche ; à la porte d'une des maisons, une fille de son âge joue avec deux enfants, l'un plus grand que Carmen, l'autre un peu plus petit. Sur la place se trouve le presbytère, siège de l'association de quartier ; la fille de la voisine d'à côté prend des cours de dactylographie, en la croisant sur le seuil, elle l'a appelée la Madrilène. Madrilène ! Guère plus vieille que Chico, elle lui a demandé si elle avait croisé des artistes célèbres. María a répondu que non, qu'elle travaille et c'est tout, et la voisine a été déçue d'apprendre qu'elle avait changé de ville uniquement pour ça. Alors qu'elles s'éloignent, Carmen continue à la fixer et donne des petits coups sur le menton de sa mère, peut-être pour lui donner raison.

Dans le quartier de son oncle et de sa tante, à Madrid, les voitures, pour ceux qui en ont, ne patinent pas dans des rues fangeuses mais défilent, accélèrent et se rentrent dedans sur des pavés. Les filles de son âge leur ressemblent à Soledad et à elle, les parents à ses parents ; elle entend des accents qui lui rappellent le sien. Pourtant, bien qu'elle soit comme la future dactylo, ou la fille qui joue avec ses enfants devant sa maison, elle se sent différente : plus chanceuse que Chico ou même que Carmen. Elle pense à Soledad : combien de temps devra-t-elle coudre dans la cuisine, marcher jusqu'à la place le week-end pour prendre l'air, seule. L'école qu'ils ont fréquentée, ses frères et elle, est déjà trop petite par rapport au nombre de naissances dans le quartier. Que va-t-il se passer pour Carmen ? Chico lui apprendra-t-il à lire et à compter le soir, assis sur le lit pour ne pas réveiller les grands-parents ? Dans ces rues, qu'elle reconnaît à peine, une maison, un magasin, un bar, une maison et puis une maison et puis une maison, toutes pareilles, María promène Carmen, non pas avec la sérénité de quelqu'un qui profite encore un peu de son enfant avant de rentrer chez elle, mais dans l'espoir que quelqu'un qu'elle connaît les croise, l'appelle par son nom, lui demande comment elle va. Elle ne sait plus rien de personne : elle a oublié les visages, les noms. Les maisons se font de plus en plus rares et tout ce qui l'attend c'est la campagne, la terre, et quoi d'autre. Elle demande à une femme comment rentrer chez elle. Chez toi ? C'est où chez toi ?

María recouvre la commode avec une serviette, et y allonge la petite : elle sent le caca, évidemment, et le tissu mouillé lui laisse entendre qu'elle a sans doute fait pipi aussi. L'enfant de la maison où elle sert se serait plaint, il n'aime pas la sensation d'humidité, mais Carmen endure et attend que quelqu'un se rende compte qu'elle est là, et que du temps a passé. Les jambes en l'air : c'est María qui le lui ordonne, en relevant la petite robe, en dégrafant la couche pleine de diarrhée ; elle va demander à sa mère si ça arrive souvent, et sinon, elle essaiera de se souvenir de ce que Carmen a mangé. Elle plonge le gant dans l'eau chaude, frotte le pain de savon et nettoie les fesses tachées. Elle la sèche en tamponnant avec la serviette, enlève le gant, une fine couche de talc. Les petites jambes en l'air, et elle dit son nom : les petites jambes en l'air, Carmen. S'il te plaît, aide-moi un peu. C'est bien. La petite lève les jambes et María attrape ses chevilles ; sans mesurer sa force, elle essaye de soulever le corps du bébé, juste assez pour glisser le tissu entre le meuble et son corps, mais la petite se plaint. D'abord un gémissement discret, puis des sanglots, une vraie fanfare. Soledad interroge, le père demande ce qui se passe, la mère ne l'entend pas, elle est sur le seuil d'on ne sait quelle maison. Soledad part avant même que María lui réponde, elle lui reproche de ne pas l'aider pour sa couture, même maintenant, qu'elle est en visite. Ce qui se passe, c'est que la petite est une petite, et qu'elle pleure. María lâche les chevilles de Carmen, c'est un acte-réflexe, elle ne sait pas si les jambes ont cogné sur le bois ; parmi tous les bruits elle n'a pas distingué le choc sec de la chair tendre. La petite reste sur la commode, à pleurnicher ; peut-être que c'est le contact du bois sur son corps qui la perturbe, alors María la prend dans les bras, et emmène la grande serviette sur le lit de Chico. Elle l'étale à grand-peine, et couche Carmen dessus. Les jambes en l'air, Carmen : s'il te plaît. Les jambes en l'air, et ne va pas les baisser. La petite ne pleure plus, mais les larmes se confondent avec la morve et ses lèvres tremblent. Carmen, s'il te plaît, ne me complique pas les choses. Carmen ne bouge plus, María essaye de glisser le lange sous son corps : elle y parvient. La nuit tombe très vite – chaque geste lui prend plusieurs minutes – et pour faire les nœuds elle ne voit pratiquement plus rien. Une main écarte la sienne : ah tu es déjà rentré, mais il est tôt, Chico.

— Oui, Toñi m'a laissé rentrer avant. Je lui ai dit que tu partais tôt demain.

María va s'asseoir de l'autre côté du lit, celui que Carmen a laissé libre et s'affale sur le matelas. Elle regarde son frère s'occuper du bébé, scrute les différences entre leurs gestes respectifs. Chico traite Carmen comme un jouet : il prend ses poignets et joint ses paumes comme pour applaudir, avec un mouchoir il essaie de lui moucher le nez en chantonnant. María le lui fait remarquer, et Chico explique : tu as peur quand tu t'occupes d'elle, et elle le sent. Carmen renifle, ouvre les bras et les referme autour de Chico. María l'entend prononcer un mot : personne ne lui a dit qu'elle parlait. Carmen s'accroche à Chico, et María s'approche pour bien entendre ce qu'elle dit. Un mot dans sa voix, est-ce qu'elle reconnaît María ? La tête de Carmen sur l'épaule de Chico, Carmen qui l'appelle maman.

LE ROYAUME

Cordoue, 1998

Que s'est-il passé la veille du cauchemar que fait Alicia toutes les nuits ? Elle s'est réveillée parce que sa mère râlait, elle s'est habillée de mauvaise grâce pour aller au collège – un jean, des sandales, un t-shirt d'une marque de sport quelconque –, elle est rentrée chez elle. Les vacances approchaient, le déménagement aussi, et l'entrée au lycée. De nombreux corps traversent ce récit : sa mère minuscule, sa sœur minuscule, son père au dos large, les presque adolescents qui déambulaient dans la cour pendant la récréation. Elle ne connaît pas leurs visages, et presque aucun de leurs noms. Dans le cauchemar que fait Alicia toutes les nuits, aucun de ces corps n'apparaît, sauf celui de son père. Est-ce lui qui percute un arbre et va se pendre en boitillant, ou est-ce une image de son père avec laquelle elle joue ? Pour comprendre la journée qu'a vécue son père avant de prendre toutes ces décisions – choisir une route peu fréquentée, accélérer dans un virage, mal calculer son coup et finir dans un tournant de la montagne, sans réussir à tomber dans le vide, clopiner pour aller se pendre – Alicia revoit tous ses gestes, tous ses mots, un par un.

Depuis le milieu du salon, elle arrivait à observer la rue sans que personne ne la voie. C'était dans ce grand appartement, dans cette immense chambre : Alicia n'en avait jamais vu d'aussi grande. Si elle s'était postée sur le balcon, elle aurait vite été repérée : le chouchou rouge, les cheveux clairs relevés en chignon entre les plantes de sa mère. Mais du salon elle pouvait distinguer ceux qui traversaient la place, devant son immeuble ; deviner où allaient leurs pas, lire leur futur.

Au moment où l'horloge sonnait dix-sept heures, elle vint se positionner juste en dessous de la grande lampe du salon. Elle avait demandé à ses camarades de classe de ne pas venir plus tôt, en escomptant un léger retard, parce que Celia n'était jamais à l'heure : elle vivait loin, tout au bout du quartier, près de la route de Madrid, et calculait mal les distances. Pourtant, quand l'horloge sonna l'heure convenue, Alicia éteignit le téléviseur, se leva du canapé, et se mit à espionner. Au bout de dix minutes, Inma fit son apparition, et peu de temps après, Celia, qui courait. Avant de traverser, elle s'appuya sur le feu tricolore pour reprendre son souffle. Elles échangèrent quelques mots et se dirigèrent vers la maison d'Alicia. Peu de temps après, l'interphone sonna.

Pourquoi donc Alicia avait-elle choisi Inma et Celia ? On les obligeait à être trois pour faire ce devoir, ces deux-là étaient toujours fourrées ensemble, et Alicia n'avait réussi à intégrer aucun autre groupe. Elle était allée voir Celia, à deux pupitres du sien, qui avait accueilli la proposition avec une certaine résignation, peut-être même un peu de méfiance ; Inma, au contraire, avait accepté avec enthousiasme. À ce moment-là – ce jour-là – Alicia ne s'était pas inquiétée de leur réaction ; elle pensait que le problème était réglé. Mais le lendemain matin, Celia expliqua que ça ne pouvait pas se faire chez elle, parce qu'il y avait trop de monde, et Inma que dans la sienne non plus, parce que sa grand-mère malade avait besoin de silence. Et Alicia, qui avait toujours évité jusque-là de s'exposer, avait dû ouvrir son immense salon à ces gamines insignifiantes.

Mais dans le fond, Alicia mentait : elle voulait comprendre ce qui poussait Celia à protéger Inma. Sa naïveté en faisait une cible idéale pour les moqueries : elle tombait dans tous les panneaux, les joues en feu au moindre commentaire ; Celia, quant à elle, était toujours prête à frapper les plaisantins, avec une ardeur de mère plus que d'amie intime ou de grande sœur. Encore aujourd'hui, Alicia pense à Celia, à son essoufflement quand elle courait pour faire semblant d'être à l'heure, à ses larges hanches d'adulte poussée trop vite, et elle se demande où elle en est de sa vie : si elles sont toujours amies avec Inma, si elle a déjà trois ou quatre enfants, si leurs vies se ressemblent. Alicia se souvient que Celia aimait bien dessiner ; qu'elle s'amusait à peupler les marges des manuels scolaires de fleurs délicates, planquant les crayons de couleurs dans son décolleté, et qu'elle remplissait ces jardins entre deux cours de langues ou d'histoire. Mais elle aurait eu du mal à dire quoi que ce soit à propos d'Inma, à part qu'elle portait une tresse, et qu'elle parlait sans arrêt de sa grand-mère et de son frère aîné.

Celia et Inma avaient déjà remarqué les fenêtres de la maison d'Alicia : depuis qu'elle était arrivée dans leur classe, en septembre, presque tous les groupes de filles étaient venus sur la place à un moment ou à un autre, et s'étaient arrêtés, bras dessus, bras dessous, devant l'édifice. Année après année, on retrouvait toujours les mêmes têtes dans le quartier, et les nouveaux – qu'ils aient redoublé ou déménagé avec leur famille – étaient auréolés d'une légende mystérieuse. Pour Hashim, on avait inventé un passé conflictuel, le passage par un orphelinat hollywoodien ; pourtant, il vivait avec ses parents et ses frères dans les nouveaux immeubles, devant le centre commercial. Yoli, qui avait déjà redoublé plusieurs fois, avait soi-disant raté ses examens parce que son père s'était enfui avec une collègue de travail, et qu'elle avait du mal à rendre à temps les devoirs et à se préparer pour les examens – on ne connaîtrait jamais la vérité, parce qu'avec sa mère et ses deux petits frères jumeaux, roux comme elle, ils avaient quitté la ville à la fin du trimestre. Dans les films du cinéma en plein air, les enfants construisaient une maison dans un arbre, et grimpaient dans leur refuge, loin des adultes, par des échelons de bois plantés dans le tronc. Inma, Celia, Marta, Rosi : pour toute forêt, quatre arbres maigrelets dans le square, la terre jaune, les balançoires métalliques qui étaient déjà brûlantes au mois de juin. En guise de maison dans l'arbre, elles inventaient des histoires sur leurs camarades.

Pour Alicia, elles n'avaient encore rien échafaudé. Tout en elle les intriguait : elle écrivait sans fautes d'orthographe, se souvenait des dates et des noms des personnages historiques, ne bâillait pas en classe. Mais elles ne comprenaient pas pourquoi elle avait redoublé, et d'autres choses qui n'avaient rien à voir avec ses capacités intellectuelles : le choix d'une paire de tennis différente pour chaque jour de la semaine, ou les jeans de marque qu'elle portait ostensiblement. Alicia éveillait la curiosité : en s'asseyant elle remontait son t-shirt jusqu'à sa ceinture, à la récréation elle se plaignait parce que ses Nike neuves lui irritaient les chevilles. Celia pensait aux vêtements que sa mère achetait dans la boutique de fripes de l'avenue, à ses pantalons qui ressemblaient à ceux de la plupart des autres élèves du collège, avec ces marques qui changeaient une lettre pour imiter celles qui étaient vraiment à la mode : Zappa, Pila. Inma, quant à elle, n'avait jamais d'habits neufs : elle héritait de ceux de sa cousine.

Ce n'était pas la première fois qu'Inma et Celia, Celia et Inma, ensemble depuis la crèche, s'arrêtaient au passage piéton en face de l'immeuble où vivait Alicia, s'efforçant de distinguer quelque chose à travers la baie vitrée – la silhouette de la mère qui servait le goûter, le canapé où le père s'asseyait. En vain : elles avaient fini par se lasser d'attendre que quelque chose explose, la réalité ou l'imagination, et avaient fini par changer d'itinéraire. Elles savaient qu'Alicia avait une petite sœur, Eva, et que l'année suivante elles iraient toutes les deux chez les Carmélites, parce que leurs parents avaient acheté un appartement mieux placé dans le quartier, dans un immeuble avec garages et piscine. Aux récréations, elles observaient Eva, qui faisait faire des chorégraphies à ses camarades et inventait des pas sur les chansons à la mode. La mère d'Alicia ne travaillait pas, ou travaillait à la maison, mais elles avaient aussi entendu dire qu'une femme venait faire le ménage de temps en temps, parce qu'Alicia l'évoquait dans ses conversations : cet après-midi je ne peux pas faire mes devoirs parce que la femme de ménage est là, la femme de ménage a dérangé ma collection de figurines pour enlever la poussière.

Une sonnerie stridente et aiguë : dans la mémoire d'Alicia, elles sont encore plus petites, Inma est une poupée de porcelaine à poser sur un meuble du salon, Celia a un vrai corps de gamine. Une sonnerie stridente et aiguë, les protestations de sa mère, bien décidée à ne pas se faire réveiller, depuis sa chambre, et l'euphorie de sa sœur à l'idée de recevoir une visite. Derrière la porte, Alicia attendit d'entendre le clic de l'ascenseur arrivant au quatrième étage, et leur ouvrit avant que Celia ait le temps d'appuyer sur la sonnette.

— Ma mère est en train de faire la sieste.

Alicia s'amusa du soin qu'elles avaient pris pour s'habiller – à moins qu'elle ne s'en amuse que maintenant, des années plus tard, plus proche de ces gamines par sa condition que de l'adulte qu'elle aurait dû devenir. Celia avait gardé son jean du matin, mais elle avait échangé son t-shirt promotionnel d'un magasin d'auvents contre un chemisier blanc sans manches, ourlé de dentelle, qu'elle avait sans doute déniché dans l'armoire de sa mère. Quant à Inma, on lui avait passé une robe d'été, à carreaux et bretelles, un peu serrée sur la poitrine, et elle était obligée de la rajuster sans arrêt pour pouvoir bouger. Eva les fixait en souriant et Alicia avait hâte qu'elles aillent s'asseoir à la grande table pour coller les images sur le grand bristol.

— On va vous montrer l'appartement, annonça sa sœur, en prenant Inma par la main.

Elle prenait à cœur son rôle de maîtresse de maison et s'engagea dans le couloir. Alors qu'Alicia s'était plantée au milieu de la pièce pour intercepter ses invitées avant qu'elles sonnent à l'interphone, sa sœur semblait avoir préparé leur venue, s'être demandé comment choyer ces inconnues. Quatre ans plus jeune, le visage couvert de taches de rousseur, quelques trous dans la bouche dus à de mauvaises chutes, sa sœur ouvrait la porte des toilettes, montrait le trône et la machine à laver, les serviettes en éponge élimées. Elle guida Celia et Inma vers sa chambre, avec fierté : une chambre rien que pour elle, peinte en rose, avec son nom en grandes lettres sur l'étagère centrale de la bibliothèque ; les peluches, les poupées, quelques livres pour enfants, un petit téléviseur au cas où elle se réveille trop tôt le week-end et veuille se distraire sans déranger personne. Elle sortit de sa chambre et ouvrit la porte d'Alicia, montrant un autre téléviseur – un peu plus grand que le sien : leurs parents avaient respecté une certaine hiérarchie –, l'étagère avec la collection de miniatures, quelques poupées couvertes de poussière ; elle se retint de montrer l'armoire, mais Alicia remarqua la fascination de Celia pour ses paires de tennis. La petite lâcha la main d'Inma et tira celle de Celia pour qu'elle la suive. Elles firent un détour pour éviter la chambre des parents – elles auraient trouvé la mère d'Alicia couchée, les yeux fermés, percevant l'agitation du couloir, encore un téléviseur, une armoire qui occupait tout un pan de mur, et des chaussures à talons jonchant le sol, comme des miettes de pain pour retrouver le chemin vers la maison – et elles entrèrent dans le bureau du père, avec l'ordinateur et le modem. Inma demanda si elles avaient Internet, et la sœur d'Alicia acquiesça, incapable d'imaginer comment ses amies pouvaient chercher des informations pour leurs devoirs sans Terra ou Yahoo.

— Mais quand quelqu'un appelle ça se déconnecte, se plaignit-elle.

Il restait la grande salle de bains, le bidet, la baignoire, l'immense miroir devant lequel le père se rasait, la mère se maquillait, et Alicia et sa sœur glissaient une tête pour compléter la photo de famille. Les crèmes, les parfums : pas l'eau de Cologne pour bébé dans la grande bouteille format familial avec laquelle la mère d'Inma l'aspergeait tous les matins, mais des flacons délicats en cristal – quelques gouttes à peine derrière le lobe de l'oreille, au-dessus de la poitrine – que le père offrait à la mère quand ça lui chantait. Il restait la cuisine, le micro-ondes, le frigo à deux portes, les sacs vides du Corte Inglés, empilés en désordre. Alicia ne savait pas de qui au juste elle avait hérité un odorat aussi subtil, pas de sa mère, ni de son père assurément, mais elle identifia chez Celia une odeur de pomme de terre fraîchement pelée, plus végétale qu'alimentaire.

Alicia, Eva, sa sœur, Inma et Celia : elles revinrent toutes les quatre au salon. Alicia se dirigea vers la table pour déplier le bristol et distribuer les tubes de colle, Eva voulait encore montrer la terrasse. Quelques plantes que la mère arrosait soigneusement – Alicia n'avait jamais appris leur nom –, deux chaises où elle s'étendait en bikini pour bronzer. Inma et la petite jetèrent un œil, pour clore la visite ; Celia resta dans le salon, pile à l'endroit où se trouvait Alicia un peu plus tôt, sous la lampe. Celia se fiche de l'extérieur, pensa Alicia ; elle se fiche de ce qui se passe dehors, d'un monde qu'elle connaît par cœur. Elle était fascinée par l'écran de télé qui occupait la moitié du meuble, par le magnétoscope que leur père venait d'acheter, par la chaîne hi-fi, la collection de films et de disques, les photos des vacances en famille : Alicia dans un cadre, dansant avec d'autres filles dans un hôtel de Marbella, Alicia, Eva et leurs parents tout sourire dans un autre cadre, à Disneyland Paris, Eva avec un bonnet de Minnie, la tour du château de la Belle au bois dormant qui semble pousser sur la tête du père – Celia avait les pupilles si dilatées que ses yeux verts se teintaient de noir.

Inma et Celia aussi se remémoraient parfois cet après-midi chez Alicia. Les semaines suivantes, elles avaient eu du mal à expliquer aux autres ce qui s'était passé : tout le monde leur demandait si elles étaient montées, si on leur avait montré l'appartement, si elles étaient là quand le téléphone avait sonné une première fois, ou juste la deuxième. Au début, Inma répondait : oui, il y avait un téléviseur dans chaque chambre ; oui on a bu des sodas ; non, on n'est pas restées longtemps, et Celia gardait le silence. Même quand ses parents lui rapportaient une rumeur qu'ils avaient entendue au bar du coin, essayant maladroitement de soutenir leur fille, elle ne voulait pas répondre. Des années plus tard, Celia commença à ajouter quelques détails : un jour, au lycée, à la pause, elle se souvint de la couette rose dans la chambre d'Eva ; longtemps après, de Coimbra, où elle était en Erasmus, elle envoya à Inma un long mail où elle évoquait ses sensations quand elle repensait à cet après-midi-là, le contact avec toutes ces richesses impensables pour deux filles comme elles. Pour la première fois, elle parlait de sa jalousie envers Alicia, qui ne l'avait pas quittée de l'année, les pulls hors de prix à côté des ensembles débardeurs-pantalons dont elles devaient se contenter, et pour la première fois aussi elle parla du soulagement qu'elle avait éprouvé cet après-midi-là, à la fin de cet après-midi-là, de sa sérénité quand elle était rentrée chez elle et qu'elle avait trouvé sa mère et sa tante assises sur le canapé, son petit frère et ses deux cousines en train de finir leurs devoirs ; son grand-père dans le fauteuil à bascule, les volets baissés, dans une pénombre voulue. Sa sérénité, aussi, quand elle avait entendu la porte se fermer derrière sa tante et ses cousines, et plus tard, quand son père était rentré du travail : elle s'était précipitée dans ses bras, il avait taché son chemisier avec la graisse du garage. Pour l'objet du message, Celia avait choisi un mot qui n'avait en apparence rien à voir avec la situation : « Les merveilles ».

Inma l'avait tout de suite lu, mais elle mit plusieurs semaines à lui répondre. Elle pianotait sur son clavier avant de tout effacer, et finissait par tout résumer en deux phrases, qu'elle changeait intégralement le lendemain. Finalement, elle parvint à avouer à Celia que pendant des années elle avait attribué ce qui s'était passé ce jour-là à une sorte de justice divine : l'avarice fait partie des péchés capitaux, en tout cas, c'est ce que sa grand-mère lui avait dit. À quoi bon tout cela, tous ces téléviseurs, ces voyages : elle se le demandait tous les soirs, se le répétait comme un mantra. Elle n'arrivait pas à savoir ce qui l'avait le plus dérangée : l'ingénuité avec laquelle Eva leur avait montré la maison, sans aucune conscience du niveau de vie qu'elle était en train d'exhiber, ou l'indifférence d'Alicia, qui ne voulait pas s'embêter à partager son intimité avec elles. Celia lui répondit tout de suite, un message de quelques lignes, en plus des anecdotes sur la fête de la veille.

Elles n'avaient pas oublié Alicia, ni Eva, ni même Carmen, leur mère, un corps endormi qui respirait de l'autre côté de la porte, une voix de plus en plus stridente, passée du balbutiement au cri. Pendant toutes ces années, de temps en temps, Celia et Inma – Inma et Celia – avaient évoqué des souvenirs communs, la sortie du cinéma, les coups de main qu'elles s'étaient donnés pour leurs déménagements respectifs, leurs visites à l'hôpital à la naissance de leurs enfants.

— Tu crois qu'on va devenir comme eux ? demandait l'une ou l'autre.

Et l'autre répondait que non, avec une grimace, éclatant d'un rire partagé entre l'envie et la terreur.

Dans la mémoire d'Alicia, les souvenirs de ce jour-là ne suivent pas l'ordre chronologique. Ce sont des scènes concrètes : par exemple, elle ne parvient pas à reconstituer ce qui sépare la sonnerie du réveil de son retour à la maison ; des heures – mais elle n'arrive pas à préciser combien – où elle s'étire, sa mère lui crie d'aller se doucher, sa sœur a renversé son cacao sur ses collants, sa mère lui crie de l'aider à se changer. Par la suite, pendant quelques années – pas tant que ça, en réalité – Eva avait affirmé que leur père, qui en général se levait plus tôt qu'elles et prenait son petit-déjeuner au bar, avait préféré ce jour-là les accompagner à l'école ; certes, elle avait renversé son lait, mais c'est lui qui l'avait emmenée dans sa chambre pour choisir une autre robe. Dans les deux récits, celui d'Alicia comme celui d'Eva, la mère ne s'était pas encore réveillée, ou disons qu'elle n'était pas sortie du lit : de là elle leur disait quoi faire et comment, de temps en temps on entendait un bâillement. Après, Alicia se perd : elle est partie à l'école à pied, avec Eva, ou avec Eva et leur père, elle est entrée dans le bâtiment des grands après s'être assurée que sa sœur était bien entrée dans celui des petits, ou alors elle a embrassé son père sur la joue pour faire les derniers mètres toute seule sans qu'on voie qu'elle était accompagnée. Elle a enchaîné trois cours différents, à la récréation elle a expliqué à Celia et Inma à quelle heure elles devaient venir chez elle cet après-midi, son ancienne prof principale l'a félicitée pour ses progrès. Après encore trois heures – Religion ou Arts Plastiques, allez savoir – elle a rangé ses livres et ses cahiers dans son sac, salué Celia, couru pour rattraper sa sœur. Maintenant, elle attend : sa sœur doit la guetter devant la grille avec une robe orange, taillée dans un tissu très soyeux, que sa mère ne l'aurait jamais laissée mettre à l'école, de peur qu'elle ne la salisse dans la cour. Oui : des traces de terre sur la robe de sa sœur, comme si elle s'était jetée par terre pour une chorégraphie. Oui : peut-être que sa sœur avait raison, et que ce jour-là, son père avait décidé de retarder son départ de la maison, conscient de ce qui allait arriver. Alicia a serré fort sa main, la main de sa sœur – elle a oublié la sensation de la main de son père –, et elles sont rentrées chez elles. Elles ont déjeuné – qu'ont-elles déjeuné : presque vingt ans ont passé, et toujours ce même nœud à l'estomac –, sa sœur s'est enfermée dans sa chambre pour regarder la télé, sa mère s'est enfermée dans la sienne pour la sieste, Alicia a regardé une émission quelconque, et à cinq heures de l'après-midi, elle a éteint le téléviseur pour venir se poster au milieu du salon, juste sous la lampe, dans le but de voir ses camarades arriver.

— Vous voulez du coca ?

— Ma mère ne veut pas que j'en boive. Elle dit que ça donne le cancer.

— Ma tante s'en met partout sur le corps quand elle va au soleil, comme ça elle bronze plus. Tu en bois, toi ? C'est bon ?

— Moi j'aime bien. Ma mère fait la sieste. Et les vôtres ?

— La mienne est à la maison.

— La mienne au supermarché.

— Elle est allée faire des courses, ou quoi ?

— Non, c'est là qu'elle travaille.

Pendant qu'Inma découpait soigneusement des formes, Celia recopiait sur un bristol de couleur les textes qu'elles voulaient inclure dans leur fresque, et Alicia s'occupait du titre dans la partie supérieure. Sa sœur avait ouvert plusieurs cahiers de coloriages, qui n'étaient plus de son âge, mais qui l'amusaient encore. Eva offrait des boissons, des gâteaux, demandait des nouvelles de parents dont elle ne connaissait même pas l'existence ; elle imitait l'attitude de sa mère avec ses amies, le même bavardage constant, de l'ordre du bruit plus que de la conversation.

— Eva, tu ne veux pas te taire et nous laisser tranquille, on est en train de travailler, là.

Elle se tut aussitôt, et quand Inma lui demanda en quelle classe elle était, ses matières préférées, ce qu'elle voulait faire plus tard, elle se contenta de monosyllabes. Comme en d'autres occasions, Alicia avait réussi à désactiver Eva au moment où celle-ci se transformait en version miniature de sa mère, et l'avait renvoyée à son état naturel d'enfant de neuf ans incapable de contrôler le ton de sa voix ou de penser plus loin que son nombril.

La mère d'Inma travaille dans un supermarché, celle de Celia, où elle peut. Elle balaye des escaliers pendant quelques mois, va aider dans un salon de coiffure ; Alicia pense même qu'elle a travaillé un temps dans un des restaurants de son père, en tout cas c'est ce que Celia lui a dit une fois, en cours. Si Alicia croyait aux rêves et aux prophéties, elle expliquerait que ce jour-là, son futur lui avait été révélé sur la grande table du salon, devant un poster de sciences naturelles. Mais c'est faux : si aujourd'hui elle ne croit pas à grand-chose, à l'époque, c'était encore pire, et ce jour-là elle avait envie de s'amuser. Dans quelques jours elles allaient se quitter pour toujours – leurs familles ne pourraient jamais payer les frais de scolarité du lycée où elle allait – et elles ne lui inspiraient aucune sympathie, ces idiotes, avec leurs habits du dimanche au beau milieu de la semaine.

— Inma, tu as Internet, chez toi ?

— On n'a pas d'ordinateur à la maison.

— Mais tu t'es déjà connectée à Internet ?

— Non plus. Une fois, à la bibliothèque, je crois que Vicky l'a fait. Oui, je crois que c'est Vicky qui s'est connectée.

— C'était super lent, précisa Celia. Vicky sait le faire parce qu'elle a des voisins qui l'ont.

— Et vous avez la télé ?
— La télé, oui.
— Oui, dans le salon.
— Mais uniquement dans le salon, n'est-ce pas ?
— Dans le salon, oui.
— Moi aussi, dans le salon, c'est tout. Mais on ne l'allume pas beaucoup parce que ma grand-mère est malade.
— Nous si, tout le temps. Quand ma tante est là, tout le temps.
— Ici chacun regarde l'émission qu'il veut dans sa chambre.

Eva coloriait une image, en tâchant de ne pas dépasser. Tout en cherchant sa prochaine phrase, Alicia admirait son application à remplir tout l'espace, sans jamais dépasser. Avec tout autant de soin et d'attention Alicia s'efforçait de trouver les mots qui blesseraient Celia et Inma. Ce souvenir devait être un trait de chagrin dans la mémoire des filles.

— Et ces vêtements que vous portez aujourd'hui, Inma, Celia… j'adore.
— Merci. Elle est neuve, cette robe.
— Ah bon ? Où tu l'as achetée ? J'adorerais avoir la même.
— On me l'a donnée la semaine dernière parce qu'elle est trop petite pour ma cousine, au niveau de la poitrine, la sienne est déjà bien développée. Mais elle l'a mise deux trois fois, pas plus. Du coup elle est presque neuve.
— Elle doit venir des puces, non ?
— Non, je ne pense pas. Ma cousine achète dans le quartier, elle ne va pas jusque là-bas.
— C'est où les puces, Celia ? Moi je n'y suis jamais allée.

En prononçant « Celia », Alicia chercha son regard. Elle s'arrêta sur Eva, toujours aussi concentrée, la langue entre les lèvres, sur Inma qui fixait un paysage à découper ; et tomba enfin sur Celia, qui l'avait devancée : le stylo rebouché, les bras croisés, elle plantait un regard furieux dans le sien. À ce moment-là, Alicia s'aperçut de son erreur : comme si elle ne le savait pas. Faire marcher Inma, c'était une évidence ; elle prenait sa méchanceté pour de la curiosité, se sentait flattée de son intérêt, peut-être même que pendant ces quelques minutes de conversation elle s'était imaginé une amitié de longues journées d'été devant la télé, sous le climatiseur. Mais avec Celia, ce n'était pas pareil : chaque attaque contre Inma était une souffrance, chaque attaque contre elle une provocation. Il lui suffirait d'un mot pour blesser Alicia, qui avait déjà eu l'occasion de remarquer l'intensité de ses réactions dans les couloirs : quand Dani avait soulevé la jupe d'Inma et que Celia avait failli être expulsée ; les pieds de Dani à plusieurs centimètres du sol, les mains de Celia crispées sur son cou, et son regard semblable en tous points à celui qu'elle avait maintenant.

— Les puces ont lieu près de l'église, sur le parking à côté de la route de la zone industrielle. Le mardi et le vendredi. Moi je n'y vais pas, parce que je suis en cours, mais ma mère va s'y balader quand elle ne travaille pas, histoire de faire quelque chose. Mon jean vient des puces, et mon chemisier était dans les articles destockés, près du premier bar que ton père a ouvert. Il y a un oncle de ta mère qui vit là-bas, non ? Je crois que c'est une connaissance d'un voisin à moi.

La réponse de Celia avait déstabilisé Alicia, parce qu'elle ne s'y attendait pas : elle pensait qu'elle allait décroiser les bras pour la frapper, qu'Eva se mettrait à crier, faisant débouler sa mère dans le salon. Le lendemain, tout le monde en aurait parlé dans la classe, et peut-être même que le prof principal aurait convoqué leurs parents à toutes les trois pour trouver une solution à quelques jours de la fin des cours. Mais Celia se tut et reprit son travail, avec un peu plus d'impatience, pressée de finir le plus tôt possible de recopier le texte qui lui avait été attribué. Alicia trouva Celia intelligente ; intelligente, et très vive, très spontanée en paroles. Elle regretta de l'avoir ignorée pendant toute l'année scolaire ; elle regretta aussi de l'avoir sous-estimée et blessée. Non, en fait pas du tout : à ce moment-là, Alicia avait trouvé la situation amusante, avec Inma d'un côté, flattée par ses remarques, et Celia de l'autre, humiliée, sans Internet, ni téléviseurs, portant une dentelle ridicule. Alicia ne peut pas attribuer à ses treize ans les remords qu'elle éprouve à trente ans ; tout comme elle est incapable d'imaginer une quelconque capacité d'empathie chez l'adolescente qu'elle était, alors qu'elle lui fait toujours défaut aujourd'hui.

À ce moment-là, le téléphone sonna.

C'était une des pires angoisses de Celia, expliquait-elle à Inma, de repérer des élèves qui pouvaient lui rappeler cette journée. Elle avait identifié un modèle, qu'elle surnommait « Alicia », doté des mêmes traits de caractère que son ex-camarade. Une fille qui se sentait supérieure à tous points de vue, parce qu'elle avait grandi dans une famille plus fortunée, qu'elle se trouvait plus belle ou plus intelligente, tout en se liant à des camarades plus pauvres, plus laides, plus bêtes. Comme à la piscine, quand on s'appuie sur les épaules de quelqu'un pour s'élancer, qu'on saute en coulant l'autre en même temps. Quelques semaines après la rentrée, Inma et elle s'appelaient et analysaient leurs élèves : d'abord avec l'enthousiasme de la nouveauté, puis l'agacement d'une leçon qu'on connaît par cœur. Celia prétendait que l'exercice était plus difficile pour Inma, parce qu'on a moins tendance à humaniser ses élèves en cours de sciences, alors que sa matière, l'histoire de l'art, lui facilitait la tâche : une Alicia, expliquait Celia, une Alicia, ça ne s'émeut pas. Une Alicia fait mine de s'émouvoir ; elle ouvre grand les yeux, parce qu'elle sait que c'est ce qu'il faut faire, ce qu'on attend d'elle. Cette fille s'était transformée en archétype. Avec les années, face à une Alicia désincarnée, sans faiblesses ni égards, Inma et Celia – Celia et Inma – étaient devenues des spectatrices : assises chacune sur une chaise autour de la table du salon, elles entendaient le téléphone sonner, les propos de Carmen et les pleurs d'Eva, qu'était-il arrivé à Carmen, qu'était-il arrivé à Eva ; le silence d'Alicia. Mais le temps les éloigne, les expulse de la scène ; d'abord assises sur la terrasse pour regarder ce qui se passe dans le salon, et plus tard dans la rue, de nouveau sur ce passage piéton d'où elles contemplent l'immense baie vitrée.

— C'est là que le téléphone a sonné, tranchait Celia. Absurde, la façon dont leur vie a été bouleversée, n'est-ce pas ? Par un simple coup de téléphone.

À ce moment-là, le téléphone sonna. La mère d'Alicia répondit, comme toujours : le téléphone avait sonné à la fois dans le salon et dans sa chambre. Alicia ne comprit pas pourquoi elle débarquait sans crier gare devant ses camarades ; elle fut choquée de voir sa mère, qui prenait toujours la peine de se maquiller, même pour ses propres filles, montrer à ces deux inconnues les varices qui affleuraient sur ses jambes, des toiles d'araignée violacées près du genou. Le téléphone sonna, et Alicia ne saisit guère plus qu'une partie des propos de sa mère, qui expliquait que non, que son carnet était toujours dans le bureau.

Le bruit de ses pas, cependant, ne la conduisit pas à cette pièce mais à celle où se trouvaient les filles : la mère fit irruption, repéra un carnet à couverture noire sur le meuble à côté du téléviseur, et décrocha l'autre téléphone sans s'occuper de la présence de Celia et Inma.

— C'est moi, en fait il n'était pas dans le bureau. Je viens de me souvenir qu'hier soir il a noté un truc pendant qu'on regardait la télé, et qu'il l'a laissé à portée de main. Je vous dicte le numéro.

La voix de la mère interrompit le crissement des feutres sur le bristol. Eva cessa de colorier, Alicia aussi ; Inma laissa tomber ses ciseaux sur la table, et Celia reboucha son stylo. Les deux copines se regardaient, attentives à la conversation, tâchant de deviner qui était la voix à l'autre bout du fil, de qui elle parlait, de quoi.

À ce moment-là, le téléphone sonna, et cette femme entra dans le salon comme un fantôme : combinaison noire sur une peau très pâle, bretelles noires et dentelle noire sur une peau très pâle, les cernes soulignés par les traces de rimmel. Le téléphone avait sonné et ni Alicia ni Eva n'avaient daigné répondre : Celia et Inma devinèrent la voix de la mère au loin, bien plus loin que le bout du couloir. Sans dissimuler, les filles interrompirent leur tâche pour mieux entendre : plus de pointes de feutres sur le bristol épais, plus de ciseaux découpant une silhouette de montagne. Carmen donna une adresse en bégayant – c'est ce qu'affirme Inma – ou un numéro de téléphone – de l'avis de Celia –, ordonna quelque chose, remercia pour l'attention.

— Je n'en sais rien, généralement il quitte la maison avant que je me réveille. Hier soir il m'a dit qu'il ferait le tour des restaurants… j'ai pensé qu'il déjeunerait dans celui du centre-ville, parce que celui de mon oncle on y est allés avant-hier. Vous me dites que personne ne l'a vu nulle part, à aucun moment. Et vous avez déjà appelé partout. Non, non, je vous fais confiance, je demande, c'est tout. Vous pouvez me passer mon oncle, s'il vous plaît ? D'accord, alors dites-lui de m'appeler dès qu'il trouve un téléphone, faites passer le mot dans tous les restaurants, je ne sais pas dans lequel il se trouve. Je ne m'affole pas, mais vous comprendrez que c'est très bizarre. Non, je ne suis pas en train de m'affoler. Ne me parlez pas comme à une imbécile, s'il vous plaît. Écoutez, ce que je vais faire, c'est appeler un taxi et aller directement sur place. Faites dire à mon oncle qu'il y aille aussi dès qu'il a fini. Ne rappelez plus chez moi jusqu'à ce que j'arrive.

Carmen disparut du salon aussi vite qu'elle était apparue devant Celia et Inma : une présence surgie d'on ne sait où. Pour Celia et Inma, Carmen était devenue quelqu'un d'un autre monde.

Ce dont Alicia se souvient c'est que ce jour-là, sa mère l'avait appelée dans sa chambre, alors qu'elle se préparait pour sortir, et lui avait dit :

— Alicia, ton père a disparu. De toute la matinée, il n'a été dans aucun restaurant, ni au bureau, ni dans la nouvelle maison. Il ne répond pas au téléphone et maintenant il est carrément coupé. La secrétaire a appelé les hôpitaux et la police, mais personne ne sait rien. Oncle Chico est parti le chercher avec sa voiture, et à chaque restaurant il me fait savoir qu'on ne l'a toujours pas trouvé. Dis à tes amies de partir, s'il te plaît.

Mais ce qui est vraiment arrivé ce jour-là, c'est que sa mère l'a appelée dans la chambre, alors qu'elle se préparait pour sortir, et lui a dit :

— Ton père est introuvable, Ali. Je vais au restaurant du centre, voir ce qui se passe. Occupe-toi d'Eva, s'il te plaît, et ne lui dis rien. Je vais prévenir tante Sole pour qu'elle vienne avec vous, j'espère avoir le temps avant d'appeler le taxi... Tu n'ouvres qu'à elle, elle n'a pas les clefs, ou à ton père, évidemment, s'il revient. Tes amies peuvent rester si tu veux, comme ça vous pourrez vous amuser. Ne dis rien à Eva. Mets-lui un dessin animé, ça la distraira et ça lui évitera d'avoir peur.

Une famille montait dîner à la montagne, pour profiter de l'air des hauteurs, au loin la benjamine distingua le corps de l'homme. Elle était contente de sa trouvaille : le même dessin que dans le jeu, la tête attachée à la corde, la corde pendue à la branche, le vide sous des pieds qui ne fouleraient plus jamais la terre. La mère cria, épouvantée, et le père se demanda s'il valait mieux accélérer, tout oublier, ou s'arrêter. Il se rangea sur le côté quelques mètres plus loin – une voiture écrasée contre l'arbre, la voiture du pendu ; un pur miracle qu'elle n'ait pas pris feu – et s'approcha prudemment, comme si la mort pouvait le contaminer. Le mort, quant à lui, avait fermé les yeux en sautant, et sur son nez, sa bouche, la chaleur avait asséché les filets de sang. L'homme vivant retourna dans sa voiture, descendit jusqu'à la pompe à essence la plus proche, au pied de la montagne, et appela la police.

Les premiers jours, dans le quartier, on parla d'un accident : la famille comptait s'installer dans une maison dans la montagne, le nouvel appartement étant devenu trop petit avant même qu'ils y habitent, ou le mort voulait investir dans une rôtisserie à l'extérieur de la ville, et en rentrant il était tellement pressé qu'il avait perdu le contrôle de sa voiture. Quelqu'un

– l'homme vivant, un employé, peut-être les policiers qui étaient venus récupérer le corps – avait décrit la ceinture de sécurité utilisée comme une corde, la voiture écrasée contre l'arbre dans l'espoir de faire croire à un accident, c'est ce qui se disait à voix basse dans les bars du quartier, dans les cuisines des restaurants du père. On demandait à Inma et à Celia si elles n'avaient pas entendu quelque chose de bizarre : Inma faisait un commentaire, Celia ne disait jamais rien, bientôt une autre légende circula, elles auraient vu Carmen fondre en larmes de désespoir en décrochant le téléphone ou au moment où on lui avait annoncé la mort de son mari. Pendant des mois, on vit apparaître des amis intimes du couple, des complices de leurs escapades à la plage, des témoins de relations adultères, et il y en eut même quelques-uns pour assurer que le mort leur apparaissait en rêve, qu'il leur révélait des secrets et jurait qu'il se vengerait.

Des mois plus tard, le jour de l'inauguration de l'avenue après les travaux de réhabilitation, une voisine se lança dans le vide depuis le toit de son immeuble – enveloppée dans un drap blanc pour s'épargner la vision de sa chute –, et son corps atterrit à quelques mètres de la mairesse. Quand l'automne arriva, tout le monde avait oublié Carmen, Alicia, Eva, et l'homme pendu dans la montagne ; de leur côté, elles s'étaient déjà installées dans une autre vie.

LA DOUCEUR

Madrid, 1975

Les jambes en l'air, ordonne María, une fine couche de talc sur les mains. S'il vous plaît. Les jambes en l'air, que ce soit plus facile. C'est bien. Comme ça. Elle l'a déjà lavée pendant le bain, de sorte qu'elle n'a plus qu'à l'allonger pour lui mettre la couche ; sinon elle doit étendre une serviette pour éviter les taches sur le couvre-lit, faire chauffer un peu d'eau – parfois, elle la prend dans la baignoire, au robinet, ou alors elle la fait chauffer sur la gazinière, comme pour un thé –, humidifier un linge qu'elle lui passe sur les fesses, savonner, rincer. Elle prépare la couche – une toile grossière, comme une chute de drap, qui ne retient ni la merde ni l'urine – et la noue avec le naturel de quelqu'un qui prépare et noue toujours la même couche sur le même corps, plusieurs fois par jour, tous les jours depuis des années : le corps horizontal sur le lit, les yeux fermés – le regard du corps ne croise jamais celui de María, comme s'il essayait de l'effacer de la scène : une logique étrange, dirait María, qui prétend que ce que l'on ne voit pas n'existe pas –, les jambes en l'air. Les jambes en l'air et en même temps elle soulève aussi ses fesses et cambre le dos, avec difficulté, en se plaignant parfois, et María en profite pour coincer le linge entre son corps et le lit, les jambes en bas et elle passe le reste de la couche entre les cuisses, un nœud sur chaque hanche. María lui tend les mains pour qu'elle se redresse : l'autre ferme son poing autour de la main de María, s'accroche avec son pouce, María tire vers elle. Elles parviennent à une certaine stabilité. María ne se préoccupe plus du petit corps fragile qui lutte au bord du lit, des mains qui se tiennent à peine au couvre-lit, faisant mine d'ignorer qu'il ne l'empêcherait pas de tomber, et que dans sa chute elle entraînerait sans doute aussi la couverture, peut-être même le drap. Un instant, en cherchant les vêtements pour l'habiller, María imagine le corps qui s'écrase sur le sol : un sac d'os, un peu de chair sur une vieille carcasse, la peau sèche et abîmée. Si le corps tombait pendant que María – qui est de dos – cherche la culotte, les mi-bas, la robe du jour, est-ce qu'elle s'en rendrait compte, ou est-ce qu'elle prendrait cela pour autre chose, un objet, quelque chose qui tombe chez les voisins ? Un objet dans l'appartement du dessus, un livre échappé des mains, le poids de madame Sisi est-il équivalent à celui d'un objet quelques mètres au-dessus de leurs têtes ? L'air et la distance, le corps de madame Sisi – un gémissement aigu, peut-être une tentative pour attirer son attention : María, ma fille, j'ai mal, un corps nu sur le bois froid, sous le drap, sous le couvre-lit – avec une couche en toile grossière, un bébé de quatre-vingts ans.

Pendant le bain, María examine le corps : elle évalue les dégâts, compare avec ceux de la veille. Elle repère une nouvelle blessure ou une cicatrice déjà vieille de quelques jours, et parfois elle songe à prévenir la fille de la vitesse avec laquelle le corps est en train de lâcher : elle l'aide à s'immerger – avec mille précautions – et la laisse seule un moment, cinq ou dix minutes pendant que l'eau refroidit. Au début, María lui demandait si elle voulait écouter de la musique et lui laissait le petit transistor de la cuisine ; mais plus tard elle remarqua que silence ou radio n'avaient guère d'importance, et elle s'épargna cette peine. Quand elle estime que l'eau commence à refroidir, María s'agenouille à côté de la baignoire et frotte la peau tendue avec le gant, pas un seul poil sur cette peau tendue, des lignes délicates de sang sec sur la peau sèche, si petites qu'elles ne forment même pas de croûtes : c'est comme si elles s'ouvraient encore et encore, encore et encore, peut-être le même sang qui se déplace. María y met plus de douceur que d'efficacité : elle fait glisser le gant sur la peau, descend des épaules sur les bras, remonte sur le buste, elle fait en sorte que la femme ne bouge pas, elle ne s'est pas encore habituée – elle a compris qu'elle n'y arriverait jamais – à la poitrine et au pubis, elle ne s'habitue pas non plus à la pudeur. Quelques mois plus tôt, on avait décidé de lui couper ses longs cheveux blancs, parce que la dame les avait arrachés par poignées plusieurs fois, au cours d'une dispute ; depuis, tous les quinze ou vingt jours, María coupe soigneusement les cheveux qui recouvrent les oreilles ou descendent sur la nuque. Elle évite de lui mouiller les yeux en la rinçant, et la sèche en tamponnant avec une serviette, progressivement : le visage – la peau toujours aussi sèche, ridée, qui fait des plis autour des yeux et de la bouche –, le reste du corps. On y va, prévient toujours María, ou C'est terminé, ou tout autre message susceptible de lui faire savoir qu'elle doit réagir – jusqu'à maintenant en tout cas elle s'en rappelle : tendre les bras et tâter le vide jusqu'à ce qu'elle trouve la jeune fille, passer les bras autour du cou de María, qui soulève le corps comme elle peut, l'enveloppe dans une serviette, le transporte de la salle de bain à la chambre. Elle tâche de ne pas la traiter comme un paquet, s'efforce d'être délicate, de rire ou de chantonner pour alléger un tant soit peu la situation, elle s'arrange pour que le corps ne lui échappe pas, ne dégouline pas partout, histoire de ne pas avoir à refaire tout le chemin pour effacer les traces avant qu'elles sèchent. La femme ferme les yeux du moment où on la déshabille jusqu'à ce qu'elle soit intégralement habillée, avec une couche propre : si elle parvient à ne pas voir son corps nu, si elle n'a pas conscience que quelqu'un lave son corps nu, cette scène n'existe pas.

Plus la vieille dame prend de l'âge, plus elle perd du poids, plus ses souvenirs lui échappent : quand María était arrivée dans la maison, la mère se douchait seule, recevait des amies l'après-midi. L'écho des conversations arrivait jusque dans la cuisine ; les thèmes et le choix des mots transportaient María dans certains des films qui passaient à quelques rues de là. Elles se racontaient la vie des saints du jour, se plaignaient de leurs ennuis de santé, se délectaient d'anecdotes du passé : les fêtes, les robes, les bijoux, la médiocrité d'aujourd'hui comparée aux années 50, leurs biographies pleines d'un bonheur sans nuage. Le bavardage de ces dames n'éveillait aucune forme de curiosité chez María, plutôt une rage hors du commun, comme elle n'en avait jamais connue auparavant. María pensait à sa vie à la même époque : le taudis des premières années, elle ne le connaissait qu'à travers les descriptions de sa mère, quand elle daignait encore lui parler, mais elle se souvenait du nouveau quartier qui se transformait en immense bourbier dès qu'il pleuvait, du froid le dimanche sur la promenade, quand les familles prolongeaient l'heure du déjeuner, ou des matins d'été au moulin – un jour ils avaient interdit la baignade, et déjà à l'époque de Chico ça n'existait plus.

Tous les matins, la fille disait son rosaire : la mère l'accompagnait dans la litanie mais esquivait les mystères et les autres prières. Pendant ce temps-là, María avait interdiction d'écouter la radio : elle se mettait le plus loin possible et récurait les casseroles ou en profitait pour aller en courses. L'après-midi, mère et fille étaient séparées : avant la démolition de l'église à côté d'Argüelles, la mère et ses amies montaient la rue Princesa en se tenant par le bras, et allaient prendre leur goûter dans une des pâtisseries du quartier ; la fille traversait la rue jusqu'à San Marcos ou descendait chez les carmélites. D'abord, ce fut une des plus anciennes qui mourut, et peu de temps après une autre ; à ces absences s'ajoutèrent celles des malades, incapables de dévier du chemin qui menait de la chambre aux toilettes, et des amies qui avaient remarqué les premières failles dans les propos de Sisi : un mot oublié, un nom qu'elle n'arrivait plus à prononcer. La mère resta seule avec sa fille : si elle n'avait pas épousseté les cadres en argent, María aurait très bien pu se convaincre qu'elles avaient été engendrées dans des éprouvettes. Les photographies représentaient un homme insignifiant, avec une moustache très fine, quelle que soit l'époque : mince, tenant par le bras une dame habillée en fiancée ; translucide, sur les barques du parc du Retiro, aux côtés d'une madame Sisi permanentée qui tenait une petite fille dans les bras ; puis plus rien, presque rien sur la photo la plus récente, quand la fille de l'époque commence à ressembler à la fille qu'elle est aujourd'hui tandis que la mère dégage encore une certaine élégance, portant une broche, arborant un bonheur un peu forcé. Le père a existé, c'est ce que montrent ces trois portraits : ce qu'il est devenu, comment il a disparu, María ne l'a jamais su.

La fille avait très peur que l'église de la mère lui tombe dessus ; on avait beau l'avoir restaurée après la guerre, elle refusait de l'accompagner et préférait prendre la direction opposée, même si cela revenait à abandonner sa mère par peur de mourir sous les décombres. Elle évitait aussi que les hommes entrent chez elles en sa présence – un jour, alors que la mère était déjà malade, María avait reçu et payé le plombier avec l'argent laissé par la fille – et elle avait obligé María à jeter la nourriture les fois où elle se trompait sur les menus de la Vigile pascale. Mais les manies et la défiance de la fille la rassuraient : elle ne devait dormir sur place sous aucun prétexte, c'est ce qu'elle lui avait expliqué quand une voisine, chez qui travaillait une amie de sa tante, l'avait recommandée – elle avait peur que María les dévalise pendant leur sommeil, ou qu'elle se venge avec un oreiller d'un trauma pluri-générationnel, allez savoir de quoi est capable cette fille sortie d'on ne sait où. Elle n'avait jamais accepté le moindre changement de routine : le trajet depuis le métro Ópera, l'uniforme en arrivant, nettoyer et balayer et repasser et cuisiner, puis parler avec doña Sisi, tous les jours, pour vérifier qu'elle retenait bien les chiffres et les noms, plus tard veiller à ce que doña Sisi ne se fasse pas un café toute seule, et enfin la baigner, l'habiller, lui changer cette toile épaisse. Il doit bien exister des couches en cellulose, aussi douces que celles des bébés, mais en plus grand ; je pourrais demander, proposa María. La fille refusait systématiquement, condamnant sa mère aux irritations, à l'odeur de merde et de pisse tout le long de la nuit, aux fuites fréquentes dans les draps et jusqu'au matelas. Même si María s'était interdit toute forme d'affection dans les familles qu'elle servait – sans succès déjà avec l'enfant de la première maison ; garde tes distances, la prévenaient les autres filles en la croisant au marché, tu pars aussi vite que tu arrives –, tous les matins, elle éprouvait quelque chose pour doña Sisi, qui, si elle perdait sa lucidité, fermait aussi les yeux parce que ce qu'on ne peut pas regarder n'existe pas. Ce n'était pas de la compassion, pas de la peine : pas exactement de la compassion, pas exactement de la peine.

— C'est ma fête aujourd'hui, annonça la dame.

María ne s'en était pas rendu compte : elle n'avait jamais entendu ce prénom avant d'être reçue dans cet appartement de Ventura Rodríguez pour la rencontrer, savoir combien elle serait payée et ce qui lui serait interdit. Si l'on excepte les rosaires, elle avait plus entendu la voix de la fille au cours de cette première rencontre que tous les autres jours qui avaient suivi : en général, elle employait des phrases laconiques, qui disaient quoi faire et comment. María avait raconté qu'elle vivait avec son oncle et sa tante à Carabanchel, qu'elle n'était pas née à Madrid. Elle n'avait pas parlé de Carmen, elle n'en parlait jamais, ni de Pedro, qu'elle n'avait pas encore rencontré. Est-ce que tu es pieuse, charitable, avait voulu savoir la fille ; bien sûr, avait répondu María. Des années plus tard, quand la mère tomba malade, María comprit enfin sa réponse. Pas exactement de la compassion, pas exactement de la peine : de la pitié. Pas pour ces femmes qui ordonnaient et qui payaient, évidemment, mais pour elle-même.

— C'est ma fête aujourd'hui.

María lui demanda de choisir une robe, ainsi qu'un médaillon ou une bague dans le coffre à bijoux ; elle lui demanda si elle voulait qu'elle lui mette du rouge à lèvres et du mascara, mais elle n'obtint aucun réponse. Au début, quand la fille quittait la maison avant l'heure de la messe parce qu'elle devait se confesser et que les amies de la mère n'étaient pas encore arrivées, la dame bavardait avec María. Elles préféraient le son de leurs voix au bruit de la radio : elles parlaient du temps qu'il faisait, de ce que l'une allait manger et l'autre cuisiner le lendemain, doña Sisi insistait pour que María lui raconte des détails de sa vie qui lui semblaient exotiques, tant de gens dans une si petite maison, et tu me dis que tu cousais, avec ces mains si laides et ces doigts si grossiers, est-ce que votre surnom, doña Sisi, vient du film ? Sisi, un seul *s* à chaque syllabe, corrigea-t-elle ; l'impératrice en a deux à la deuxième. Ça vient de Sisinnia, qui vient de Sisinnius. Il a été pape pendant vingt jours, au début du VIIIe siècle. Il est tombé malade de la goutte et c'est son entourage qui devait le nourrir. Mon père a trouvé l'anecdote amusante. Tous les 23 novembre, la mère et la fille déjeunaient au restaurant pour fêter le saint ; quand la dame tomba malade et n'eut plus le droit de franchir le seuil de sa maison, la fille insista pour compenser l'enfermement avec un déjeuner de fête. María se surpassait : elle faisait rôtir un quart de poulet pour la fille et un autre quart pour que la mère prenne un bouillon, des légumes en purée pour la mère et confits pour la fille, elle préparait un dessert que doña Sisi pourrait avaler sans danger – des natillas, la première fois, qui n'avaient pas plu à la fille, et elle avait insisté auprès de María pour qu'elle fasse mieux la prochaine fois.

— Ma fille, quand est-ce qu'elle rentre ?

María mentit : bientôt, même si elle n'en savait rien. Elle choisit une robe bordeaux à manches longues, épaisse pour qu'elle n'ait pas froid ; elle lui mit son jupon, ses collants, sa robe et ses chaussures, et la femme lui tendit les mains pour que María la guide jusqu'au salon. Elle s'accrocha au bras de María et à petits pas minuscules elles parcoururent cet appartement au plafond élevé, mal éclairé – aucun produit de nettoyage n'avait réussi à venir à bout des grandes fenêtres – et doté d'un couloir où donnaient trois chambres. La chambre principale, où le père avait dormi, était condamnée ; María y entrait certains matins, aérait la pièce, faisait la poussière. De chaque côté, la chambre de l'épouse et celle de la fille, avec les mêmes meubles, et dans celle de doña Sisi toujours un bouquet de fleurs fraîches que María tâchait de renouveler même si doña Sisi n'était plus en mesure de l'apprécier. Un pied après l'autre, pas à pas jusqu'au salon, jusqu'à ce que la dame s'écroule dans le canapé ; María la protège du froid avec une couverture, elle ne veut pas avoir à affronter un rhume. Elle allume la télévision et part pour la cuisine, une tisane pour doña Sisi – il faut qu'elle la surveille quand elle la boit –, un café pour elle ; parfois, en attendant la fille, la dame et elle s'assoient ensemble devant la télévision et regardent une émission ; quand l'ascenseur approche du troisième étage, María se lève et retourne à la cuisine, au cas où. Les premières années, María avait remarqué la tendance de doña Sisi à enjoliver systématiquement ses récits pendant ses goûters mondains : dans l'immeuble il y avait d'autres appartements plus spacieux, naturellement, et meublés avec plus de faste – María le sentait quand elle descendait demander du lait ou du sel, et devait se débrouiller comme elle pouvait avec l'argent des courses –, mais la mère en mettait plein les yeux en décrivant ses soi-disant gloires passées.

— Éteins la télé. Il y a du grabuge dans la rue.

On avait reçu María un vendredi, les volets fermés, pas de télévision ni de musique, au mieux une émission de radio, ne parle pas si tu n'en as pas besoin, dans cette maison nous respectons les morts : la fille avait interdit toute forme de bruit, et elle était sortie en milieu de matinée. Après l'heure du déjeuner, une fois qu'elle eût donné la crème à la petite cuiller à la mère, et mangé la sienne dans la cuisine, María pensa que la fille ne rentrerait pas et rangea son repas dans des bocaux, au cas où elle aurait faim plus tard. La fille arriva quelques minutes avant le départ de María, alors que celle-ci s'inquiétait de savoir si elle allait devoir rester pour ne pas laisser madame Sisi seule. Elle lui demanda : tu vas passer par Ópera ? María pensa d'abord qu'elle lui conseillait d'éviter, à cause du monde, mais ensuite elle comprit que la question avait un autre sous-entendu : tu vas aller à la chapelle ardente[1], c'est ce que la fille désirait savoir. María répondit oui, bien sûr ; elle avait compris qu'il fallait dire ça. La fille répondit qu'elle s'en réjouissait, qu'elle était contente de savoir que c'était une femme convenable, et María prit à droite vers la rue Ferraz mais arrivée place d'Espagne elle changea d'avis et monta jusqu'à Gran Vía, poursuivit jusqu'à Callao, et prit le métro pour rentrer chez elle. María avait ses samedis et ses dimanches après-midis, il lui suffisait de préparer un dîner que la fille réchauffait, mais avant qu'elle s'en aille, celle-ci lui dit : c'est une période très compliquée, tu penses bien ; peut-être que tu devras t'occuper de la dame plus que prévu. La dame, sa mère : María ne savait pas pourquoi elle lui disait ça, mais elle acquiesça, oui, bien sûr. Le dimanche, quand elle entra dans la cuisine par la porte de service, comme tous les jours, elle n'entendit pas les prières de la fille dans sa chambre, mais les

1. Les 21 et 22 novembre 1975, le corps du général Franco fut exposé dans une chapelle ardente du Palais Royal, et des milliers d'Espagnols attachés au régime franquiste vinrent le saluer une dernière fois. (*Toutes les notes sont de la traductrice.*)

gémissements de la mère, la couche souillée depuis un temps indéterminé.

— D'où viens-tu ?

La femme le lui demande, certains matins : d'où viens-tu, comment es-tu arrivée ici ? María ne sait pas si c'est par politesse comme les premières années, sauf que la météo a été remplacée par un plan de la ville ; si elle la confond avec sa fille ou si elle redécouvre son visage tous les matins. María décrit son itinéraire, patiemment : le porche, les rues, l'arrêt de métro, toujours les mêmes têtes dans la rame. Face à l'indifférence de doña Sisi – María ne saurait dire si elle l'écoute ou pas, si ça l'intéresse ou si elle oublie tout d'un jour sur l'autre –, elle modifie son récit : elle ne se réveille pas dans son appartement mais dans celui de son oncle et sa tante, où elle vivait encore quand elle était entrée au service de la dame, ou alors elle lui raconte tout ce dont elle se souvient du trajet entre la maison de ses parents et l'atelier de couture. L'interminable rue, avec ses façades blanchies à la chaux bon marché, toutes identiques, qui ne se différenciaient que par leur numéro – certains propriétaires refusaient de fixer la plaque en azulejo – ou par les conversations qui s'en échappaient. L'interminable rue qui débouchait sur une autre rue identique, sa mémoire la repeint non pas en gris, comme l'asphalte madrilène – quand elle pense aux trottoirs, à la chaussée, elle pense à cette couleur –, mais dans les tons bruns de la terre de son quartier. Ce n'est plus son quartier, elle s'en rend compte quand dans son histoire pour doña Sisi elle ferme la porte, galope et galope jusqu'à ce qu'il n'y ait plus de maison et tourne à gauche, vers l'arrêt de bus. À mesure qu'elle avance, les maisons cessent de ressembler à celle où vivent Sole et Chico, ses parents – dans son souvenir, Carmen n'est pas encore née –, elle a la sensation que ces images appartiennent à un autre lieu, que la vitre n'est pas transparente, mais que les bâtiments et les gens se projettent sur elle, comme au cinéma. Elle n'appartient pas à cette ville, à ces maisons qu'elle a vues depuis le bus, à ces bâtiments qui encadrent l'atelier de couture – et à ce qui se tramait derrière leurs portes – ; ni à la ville de la première maison, celle de l'enfant qui sentait le sucré, ni à celle du sombre appartement de doña Sisi et sa fille. Tout cela, elle le saura plus tard, évidemment, elle le pensera plus tard ; pour l'heure, María parle et doña Sisi regarde le téléviseur éteint, le vase vide, et parfois elle répond Très bien, ou Ah te voilà déjà, ou Tu veux un verre d'eau, ou elle ne dit rien.

Depuis le vendredi – le jeudi soir, Pedro est venu chez elle pour l'avertir, au cas où elle ne soit pas au courant : tout le monde est au courant, partout dans le pays, lui reprocha-t-elle, avec la sensation que parfois il la sous-estime – María ne descend pas à Ópera pour finir son trajet en longeant la place, mais elle change à Callao et prend la ligne jaune jusqu'au coin de la rue, ou elle descend Gran Vía et s'attarde devant les vitrines. Pedro lui a dit de ne pas s'approcher de la Plaza de Oriente, et María le lui a promis, mais il faut bien qu'elle aille jusqu'à l'appartement. Comme la fille a été absente le vendredi, le samedi, et aujourd'hui, María ne s'est pas contentée de déjeuner dans la cuisine, elle s'est servie son assiette sur la table du salon. La fille a attendu tout le vendredi pour accéder à la chapelle ardente, elle y est retournée le samedi, et elle a participé à la prière de sa paroisse. María ne sait pas si elle ira prier à quelques mètres de chez elle aujourd'hui, ou si elle a réussi à convaincre un voisin de lui garder une place dans sa voiture pour monter à Cuelgamuros. Elle n'a pas demandé, la fille n'a pas expliqué : le sac et le manteau, la porte qui claque. Ni la mère ni la fille ne disent jamais rien : sur les meubles, les photographies presque sans contexte, certaines représentent l'homme dont María suppose qu'il est le mari et le père, elle n'a jamais osé demander s'il est mort ; les bonnes des autres appartements ne sont au courant de rien. En général, elles ne tiennent pas longtemps : elles font le service, puis se marient, et continuent à faire le service, mais chez elles, ou alors on se lasse d'elles et elles changent de maison, toutes extrêmement jeunes et venues de Cadix, Murcia, Badajoz. On ne les appelle pas par leur nom mais par l'étage et le numéro de l'appartement où elles lavent, balayent et cuisinent. María baigne la dame et lui change sa couche, celle du premier à droite ne supporte pas les jumeaux, dans l'appartement du dessus, elles ne tiennent pas plus de deux ou trois mois. Quand María cessera de travailler là, personne n'aura plus jamais de nouvelles : elle disparaîtra, comme si elle n'avait jamais existé.

On entend le bruit de l'ascenseur et vu l'heure qu'il est, María pense que ce pourrait être la fille ; mais il ne s'arrête pas à son étage, et María se détend. Elle revient sur ses pas – elle était déjà prête à regagner la cuisine – et ses yeux s'arrêtent sur la dame, son corps sur le canapé, la couverture qui recouvre le corps avachi. Elle ne lui a rien demandé, et María n'a pas pour habitude de parler sans qu'on lui adresse la parole – parfois deux ou trois expressions affectueuses quand elle la baigne, la change ou l'habille, pour la rassurer –, mais le silence qui règne la gêne. Elle n'a plus grand-chose à faire : une fois que doña Sisi est prête, elle nettoie la maison, garde un peu de temps pour préparer le déjeuner et laisser quelque chose pour le dîner. La vieille dame a demandé d'éteindre la télévision pour pouvoir écouter les bruits de la rue, sans s'apercevoir que les images qu'elle voyait correspondaient précisément aux sons qu'elle entendait, et quand María l'a rallumée, elle s'est rebiffée, fermant les yeux à moitié, en agitant vigoureusement la main de droite à gauche. De toute façon, la dame ne s'est pas vraiment intéressée aux événements, María ne sait pas quoi lui expliquer, alors elle choisit de décrire ce que la télévision leur a montré ces derniers jours : elle reconnaît que les longues files l'impressionnent, les corps minuscules qui vont au palais, les corps minuscules qui quittent les Carmélites ; des corps minuscules qu'on pourrait confondre avec doña Sisi et sa fille, mais aussi avec elle, Pedro, ses parents. La fille ne rentre pas et María ne trouve plus de sujet de conversation : l'heure du déjeuner étant encore loin, elle désobéit à la vieille dame et rallume la télévision, bruit de fond. Elle s'arrête sur doña Sisi, les yeux fermés, qui dort sur le canapé : ça arrive souvent, elle dort beaucoup depuis qu'elle est malade, à cause des médicaments, de son grand âge, ou parce qu'il n'y a guère d'autre option dans sa routine quotidienne que de fermer les yeux pour ne pas voir, dormir, ouvrir les yeux et dormir à nouveau. María se rassoit à côté d'elle, sur le canapé ; elle cherche instinctivement sa main – c'est la première fois, pense-t-elle, elle ne sait pas pourquoi –, elle la cherche sous la couverture, elle la trouve froide. Ça ne l'étonne pas vu la température dehors, c'est normal pour la saison : fin novembre, dimanche 23, sainte Sisinnia. La dame dort ou c'est ce qu'il lui semble : elle lui effleure l'épaule du bout des doigts de la main droite – la main gauche posée sur la main froide –, elle touche l'épaule, d'abord doucement, puis en insistant ; la dame ne réagit pas. Elle l'appelle, doña Sisi, en chuchotant, au cas où elle dorme, pour ne pas la réveiller en sursaut, puis elle insiste, elle répète Sisi, Sisi, et le nom devient une conjuration : l'événement qu'elle pressent, elle ne veut pas qu'il ait lieu. À haute voix, de plus en plus fort : doña Sisi, Sisi, madame, répondez-moi, le corps qui glisse de l'autre côté, un sac d'os, un peu de chair sur de vieux os, la peau sèche et abîmée. María lâche la main de la vieille dame, éloigne son corps de son corps à elle, songe à ce qu'elle va faire. Que faire, María : chercher de l'aide, chercher quelqu'un ? Un coup de téléphone ? Qui pourrait-elle appeler ? Chico, Pedro, cet oncle qui habite un premier étage à qui elle rend rarement visite depuis qu'elle s'est installée dans son appartement ? Chercher de l'aide, chercher quelqu'un : le concierge, un voisin. Un homme saura quoi faire.

Elle n'utilise pas l'escalier de service : dans certains foyers, le dimanche est un jour de congé, et si ça se trouve personne ne l'entendra. Elle laisse la porte ouverte, laisse doña Sisi qui ne lui répond pas sur le canapé, le corps complètement affalé sur le côté gauche, les os la chair et la peau tendue à l'extrême et que María refuse d'imaginer en lambeaux, dévorée par les vers ; elle fourre les clefs de la maison dans la poche de son tablier et dévale les escaliers jusqu'à la loge du concierge. La loge est fermée : le dimanche, personne pour répondre. María toque à la porte du concierge, le poing serré, un coup sec contre la porte, toc, toc toc, toc toc toc, aidez-moi : pas de réponse. L'oreille collée à la porte : pas un bruit. María recule d'un pas, deux pas, remonte l'escalier jusqu'au premier, sonne à la porte de gauche, à celle de droite, elle respire de plus en plus fort, à cause de l'effort et de l'angoisse, elle répète, ouvrez-moi, écoutez-moi, c'est moi, María, María de chez doña Sisi, à l'aide, au secours. Même chose que chez le concierge : personne pour lui ouvrir, quel dimanche idéal pour le concierge et sa famille, bien au chaud chez un parent quelconque dans un autre quartier, avec sa femme et ses enfants, devant un plat de riz à Villaverde Bajo, quel dimanche idéal pour la famille du premier à gauche et celle du premier à droite, elle n'a aucun mal à les imaginer agglutinés sur un trottoir avec la fille de doña Sisi, agitant des mouchoirs blancs, une larme se frayant un chemin de l'œil au menton. Pendant ce temps, María trotte dans tout l'immeuble : le bureau de l'entresol est vide, personne dans la loge, les appartements du premier sont vides, elle monte jusqu'au deuxième. À bout de souffle, elle frappe au deuxième gauche, répète son message, écoutez, ouvrez, doña Sisi, au secours, c'est moi, la María de Sisi, ouvrez-moi. Elle ne perçoit pas le lien de possession, ne se rend pas compte qu'elle se perçoit comme une propriété de la dame ; à ce moment-là elle n'y pense pas, toutes ces années-là elle n'y pense pas, pas une fois. Elle parvient enfin à entendre quelque chose : un bruit, quelqu'un qui déplace une chaise ou une table, du bois qui frotte sur du bois, les os et la chair sur les os de doña Sisi sur le tissu du canapé. J'arrive, annonce la voix de l'autre côté, juste au moment où la porte – une serrure, puis une autre, et un verrou – finit par s'ouvrir.

— C'est moi, María, celle de doña Sisi, au troisième. La dame ne me répond pas. Il a dû lui arriver quelque chose parce qu'elle ne me parle pas, je la secoue et elle ne me parle pas. Aide-moi, s'il te plaît.

— Les messieurs-dames ne sont pas là. Ils sont montés à l'Escorial… Je ne sais pas si je peux quitter la maison. Ils ne vont pas tarder à rentrer.

María lui dit s'il te plaît. Elle lui dit s'il te plaît, c'est tout ; elle comprend que sa façon de regarder la femme en dit plus long, que sa difficulté à respirer – chaque expiration comme un haut-le-cœur – en dit plus long, que son corps menu qui s'accroche au montant de la porte en dit plus long. La femme qui sert au deuxième droite répond oui, d'accord, et elle suppose que si ses patrons reviennent ils entendront des cris au troisième, et qu'ils monteront voir s'il est arrivé quelque chose. Elle ferme la porte – ce qui lui prend un certain temps : une serrure, puis l'autre – et lui emboîte le pas. María grimpe les escaliers quatre à quatre, la femme du deuxième monte une marche à la fois. L'appartement n'a pas la même configuration que celui où elle travaille – elle a toujours entendu parler de la modestie des appartements côté gauche, ils ont un balcon en moins – et elle apprécie l'entretien soigné des vieux meubles. Sur le canapé ?, demande la femme à voix haute – un peu plus âgée que María, il paraît qu'elle dort dans une alcôve attenante à la cuisine : personne ne pourrait deviner que c'est la fille qui sert au deuxième droite –, et María confirme en répétant : sur le canapé. La femme fait le tour du meuble et s'approche de doña Sisi, sous le plaid qui la protège du carrelage froid. Elle se penche vers elle et María devine la main de la femme qui tâte le poignet, le cou. María ne s'est pas trompée, un peu plus tôt : l'épaule, la main froide ; d'une certaine manière elle avait besoin que quelqu'un le lui confirme. Elle a du mal à respirer ; elle a jeté son tablier au sol, comme si le cordon autour du cou l'étouffait, mais elle a toujours autant de mal à respirer.

— Ah ma pauvre María – la femme s'approche –, je suis vraiment désolée, María. Elle n'a plus de pouls. Elle ne respire pas. Je suis désolée, vraiment.

María se souvient obscurément qu'au cours d'une de ces conversations qui meublaient les silences, dans ses derniers jours de lucidité, doña Sisi en avait dit un peu plus sur son nom. C'était son père qui l'avait choisi, ça, María le savait déjà – son père, guère plus qu'une expression : la dame n'avait jamais donné d'autres détails, nom, origine ou profession, et dans la maison tout entière il n'y avait aucune photo de qui que ce soit à part la mère, la fille, l'homme absent – et que c'était le nom féminisé d'un saint qui avait été un pape de courte durée, malade qui plus est. Mais la seule référence à la sainte, à sainte Sisinnia, que je connaisse, et la dame baissa la voix, on la trouve dans une prière pour expulser le diable. La femme regarda d'un côté et de l'autre, s'assura que sa fille n'était pas revenue sans qu'elle le remarque – parfois elle s'enfermait dans sa chambre en rentrant de la messe, et n'en sortait plus, même pour déjeuner ou dîner – et elle lui expliqua que seules deux femmes sont en mesure d'affronter les possédés : la Vierge et sainte Sisinnia. Tous les autres, Jésus et Jean Baptiste, les archanges et les martyrs, les prophètes et les hiérarques : tous ceux-là, rien que des hommes, on parle d'eux, on les invoque, guère plus. La mère du Christ, sainte Marie, qui amène le pouvoir de la parole et de la croix, on peut lui demander un peu plus, mais c'est sainte Sisinnia qui chasse le diable : la seule qui soit capable d'extirper le diable du corps des possédés, il n'y a qu'elle qui y arrive, aucun autre saint. C'est cela que mon père trouvait amusant. Et toi, María, pourquoi on t'a donné ce prénom ? Ma grand-mère s'appelait María, et c'était ma marraine de baptême. Formidable, María, se réjouit la vieille dame ; si un jour le diable frappe à notre porte, toi et moi nous l'expulserons aussitôt. Alors que la femme qui sert à l'étage du dessous lui demande ce qu'il faut faire, qu'est-ce que je fais, j'appelle l'hôpital, les pompes funèbres, il ne m'est jamais rien arrivé de pareil, qui plus est aujourd'hui, mon enfant, et celle-là, ce n'est pas ma morte ; María ne comprend pas l'usage du possessif, comme si le corps de doña Sisi lui appartenait. Au moment où son souvenir se dissipe, la femme a déjà trouvé le téléphone et María l'entend parler : elle a appelé un médecin pour prendre en charge un corps mort, comme si les saintes de cette sombre maison invoquaient un miracle.

— Oui, je vous appelle de la rue Ventura Rodríguez, numéro 3, troisième gauche. La dame ne respire plus, elle ne nous répond pas, elle n'a pas de pouls. Oui, oui, je sais que vous ne pouvez pas venir. Mais le palais d'Orient ne s'est pas déjà un peu vidé ?

Il va y avoir plus de morts aujourd'hui à Madrid, je vous le dis, à moins qu'ils n'interdisent aux gens de mourir jusqu'à ce qu'il soit enterré, et la femme – qui s'efforce de ne pas prononcer « Franco », pour s'éviter les problèmes – surjoue la complicité avec María, qui l'observe sans la voir : les yeux rivés droit devant, d'abord la femme debout devant la table basse, puis doña Sisi sur le canapé. María ne répond pas, la porte de l'appartement n'est pas fermée et la femme redoute qu'on l'ait entendue depuis le palier, ou qu'on ne puisse pas faire confiance à María, ou que la vieille reprenne ses esprits – une frayeur, l'incapacité à distinguer entre une personne vivante et une personne morte : elle nettoie, elle cuisine, elle ne comprend pas ces choses-là – et aille la dénoncer à ses patrons, encore le possessif, encore l'appartenance de l'une aux autres. María ne répond pas et la femme change de sujet, mon dieu, María, je suis vraiment désolée, je ne sais pas ce que tu vas faire, dit la femme pendant que María observe sa morte de loin. Ainsi donc, c'est sa morte ? Qu'est-ce que doña Sisi a à voir avec elle ? La lumière qui filtre depuis la rue ne marque pas encore midi, mais María et la femme du deuxième droite ont l'impression qu'il est beaucoup plus tard. Ce n'est pas à cause de la lumière, ni même des fenêtres : María attribue cette pénombre presque nocturne à la couleur des meubles, de leurs uniformes, de la robe qu'elle a choisie pour doña Sisi. Elle l'attribue au corps mort, effondré sur le canapé, du côté gauche, un sac d'os, la peau dure sur presque pas de chair, faible poids sur le vieux meuble, María se souvient que la vieille dame fermait les yeux pour éviter de voir ce qui se passait : si je ne le vois pas, c'est que ça n'existe pas. Quelqu'un entre dans la maison – un médecin ou la fille, le gardien, les messieurs-dames de l'appartement du dessous qui réclament leur déjeuner –, elle ne s'en rend pas compte : María ouvre bien les yeux.

LE PENDU

Cordoue, 1999

Maintenant, son corps est suspendu à la poutre de la salle de spectacle : quelqu'un lui a lié les mains dans le dos et l'a accrochée par la cheville droite, assez solidement pour que le nœud ne cède pas et que son corps ne vienne pas s'écraser par terre. Cela entraînerait des dommages physiques, bien sûr, la douleur de l'impact, peut-être un ou deux os brisés – la faible hauteur de plafond permettrait d'éviter des séquelles plus graves –, et celui qui a suspendu l'adolescente veut simplement lui faire honte. Personne ne sait depuis combien de temps elle est là : il n'y a eu aucun cours dans cette salle de toute la journée, et son professeur d'anglais jure qu'il l'a vue entrer le matin avant la première heure de cours, mais ce qui est sûr c'est qu'elle a manqué un cours, puis l'autre, puis encore une autre. Comme elle réussit ses examens en obtenant les meilleures notes et qu'elle remet toujours ses devoirs sans fausses excuses – rédaction correcte, même s'il manque un ou deux accents ici ou là, et un contenu qui révèle volonté et capacité de réflexion – personne ne s'est alarmé : un rhume, un examen médical, elle reviendra demain et elle nous expliquera, aucun danger qu'elle soit partie fumer sur une place ou se balader dans le centre commercial. Même l'élève la plus brillante peut avoir envie de disparaître une journée, ils comprennent, ils pardonnent ; mais elle, on l'a cachée là, son corps tête en bas suspendu par la cheville.

Le corps est découvert par une professeure de langue et littérature de terminale qui ne la connaît pas, elle avait prévu une conférence pour ses élèves et voulait tout bien préparer : l'arrangement floral qu'elle avait prévu pour la conférencière est tombé au sol, fleurs, terre et argile répandus sur le carrelage. Est-ce que la fille a les yeux ouverts ? Est-ce qu'elle remue les lèvres ? Impossible de le savoir : on l'a suspendue dos à la porte. La professeure lui demande si elle est vivante : Alicia répond oui. Pas qu'elle va bien – elle ne va pas bien –, mais qu'elle respire, qu'elle est consciente. Soulagée – elle n'est pas tombée sur une élève morte –, la professeure vient se mettre en face de la jeune fille : la peau de la tête rougie, les pupilles plantées dans les siennes. Je suis Alicia, 4e B. Sa voix tremble à cause de sa position, à cause de tout le temps qu'elle a passé tête en bas, mais son ton reste ferme : elle s'est présentée tranquillement, elle dévisage la professeure en guettant sa réaction. La femme quitte la salle et revient accompagnée d'autres professeurs, du concierge, et de trois élèves de terminale qui transportent un matelas de gymnastique. – Alicia calcule qu'ils ont mis dix minutes : et un, et deux, et trois, et quatre, elle a compté les secondes une par une, a commencé à s'ennuyer à cinq cents. Le régisseur arrive quelques minutes plus tard, avec l'escabeau, et quand un des professeurs détache le nœud qui entoure sa cheville, Alicia voit le directeur faire le signe de croix : à une certaine distance, comme s'il était un simple spectateur et qu'ils étaient en train de jouer une scène. Va-t-il applaudir à la fin ? La professeure qui l'a trouvée remarque une certaine intelligence dans la façon dont le corps a été suspendu – celui qui a fait ça s'est assuré que les soixante kilos de l'adolescente puissent tenir presque sans lui laisser de marque – ; elle en fait la remarque à voix basse, sûre que personne ne l'entendra, mais le silence général amplifie tout. Plusieurs professeurs – elle reconnaît celui de français – la tiennent par les épaules, pour lui éviter de cogner le sol quand ils la détacheront ; les élèves ont mis le matelas sous elle, pour amortir sa chute si elle leur échappe. Pendant qu'ils la décrochent, Alicia pense qu'elle l'a bien mérité. Une fois le nœud défait, tout le monde la soutient pour qu'elle retrouve son équilibre ; on l'allonge sur le matelas, Alicia les observe depuis son horizontalité, une tête et une autre tête et une autre tête, alignées, la plupart n'ont pas encore compris ce qui s'est passé.

Le professeur n'est toujours pas descendu de l'escabeau. Il demande à Alicia si elle veut garder la corde en souvenir.

Elle a des raisons de penser qu'elle l'a bien mérité : depuis le premier jour elle n'a cessé de provoquer ses camarades, elle les a humiliés, elle a joui de les ridiculiser. Rien de nouveau sous le soleil. Dans son ancienne école ils auraient répondu à coups de poing, ils l'auraient attendue à la sortie des cours avec un direct à l'estomac, ils l'auraient insultée, pute, espèce de pute, lui auraient arraché l'élastique de sa queue de cheval, avec une poignée de cheveux emmêlés ; de ces camarades elle attendait une réponse plus raffinée, et ils ont été à la hauteur. Elle ne s'est pas trompée, bien que dans le fond elle refuse de l'admettre. Le premier avait pris plaisir à la voir souffrir – on venait de la suspendre, elle avait encore mal à la tête –, mais elle applaudit le reste du plan : sans failles. Que ton père vende des agrafeuses dans un quartier sans arrêts de bus ou qu'il donne son nom à un bureau d'avocats, peu importe : on dit que l'argent ne peut rien contre la médiocrité, mais Alicia sait que ce n'est pas vrai. Même s'il ne peut que l'atténuer, il aide à la dissimuler : il t'offre assez d'argent de poche pour acheter de la corde de jute, une connexion sécurisée à Internet – pas la connexion publique de la bibliothèque, qui révèle tout ton historique à l'usager suivant – pour apprendre quelques nœuds solides et sans danger.

Le directeur intime l'ordre de ne pas parler de ce qui s'est passé en classe, pour éviter que les parents l'apprennent ; une professeure dont elle se souvient vaguement – elle a remplacé une ou deux fois celle de socio – lui tend la main pour qu'elle se relève. La tête lui tourne et elle s'agrippe à son bras pour ne pas tomber : les élèves approchent une des chaises, et l'un d'eux se décide à lui parler. Tu l'as bien cherché. Alicia regarde d'un côté, de l'autre, aucun professeur en vue, ils sont tous partis, sauf celle de langue et littérature – qui commence déjà à placer les chaises devant la scène : Alicia observe le garçon, qu'elle n'a jamais vu, et lui répond oui. Oui, avec fierté : je l'ai bien mérité, comme quelqu'un qui reçoit un prix. Applaudissements, s'il vous plaît.

Les jours qui suivent, Alicia maintient sa version des faits : elle ne se souvient de rien, soudain elle a ouvert les yeux et elle s'est retrouvée là, tête en bas, suspendue par la cheville dans la salle de spectacle, le sol au plafond et le plafond par terre, à l'horizon une scène vide. Qui a fait ça, Alicia ? Je ne me rappelle pas. Comment ils s'y sont pris ? Je ne me rappelle pas. Quand est-ce qu'ils ont fait ça ? Je ne me rappelle pas. Les hypothèses envisagées par les curés – des années plus tard, Alicia voudra se rappeler du directeur qui se signait pendant qu'ils décrochaient son corps – proviennent d'autres témoignages : le professeur qui l'a saluée ce jour-là en entrant dans le bâtiment, et qui assure que tout a eu lieu après huit heures et quart ; deux ou trois camarades de classe, solitaires elles aussi, timides, qui jurent qu'elle n'est même pas venue s'asseoir à son bureau, parce qu'elles l'auraient remarquée, mais qui n'en savent pas plus. Il y a eu un moment avant la sonnerie du début des cours, un espace entre la grille d'entrée et la salle de spectacle – tout au bout du bâtiment, derrière la bibliothèque et la salle des profs, derrière les bureaux –, et dans ces interstices s'est faufilé celui qui allait suspendre la jeune fille. Est-ce que c'est une blague ? Est-ce qu'elle a tramé ça avec quelqu'un pour attirer l'attention, et, la plaisanterie leur ayant échappé, elle refuse désormais de le dénoncer pour éviter de se compromettre ? S'ils connaissaient Alicia, s'ils s'étaient donné la peine de l'écouter, ils sauraient qu'il en faut beaucoup pour la faire rire. Parmi ses camarades de classe, tout le monde garde le même silence. Personne ne dénonce personne, personne ne se dénonce, personne ne demande des nouvelles d'Alicia, qui ne vient plus en classe depuis.

Alicia en était sûre dès le premier jour de classe : impossible de ne pas connaître son histoire. Les journaux l'avaient racontée : un entrepreneur qui maquille un suicide en accident pour faire face à la faillite. Les parents de ses camarades en avaient forcément parlé à la maison, la pauvre, regarde où elles ont dû aller vivre. À ce moment-là de l'année rien ne lui garantissait d'avoir une place dans un lycée public, sa mère n'avait donc pas annulé son inscription : elle passait ses après-midis, ses soirées dans la vie du futur – le quartier au bout de la ville, sa mère qui travaille dans la cuisine de l'oncle Chico, son père mort –, et ses matinées dans la vie du passé. Jour après jour, Alicia s'obstinait à faire un détour pour montrer à sa sœur l'appartement où elles ne devaient jamais déménager. Eva se plaignait, tirait sur son jean ou sur sa manche, et finissait par ignorer sa sœur en poursuivant seule jusqu'au collège. Alicia observait le balcon, les fenêtres, ce qui se passait à l'intérieur. Qui avait pris sa place ?

L'attitude d'Alicia n'était pas si fondée que cela : ses camarades se connaissaient depuis plusieurs années, et la difficulté à s'intégrer dans le groupe ne se justifiait ni par sa situation ni par ses origines, mais par un manque de familiarité. Pour eux, Alicia était insignifiante, elle n'existait pas, tout le monde s'en fichait : seule une fille vint lui dire à voix basse le deuxième jour que son père avait connu le sien. Quand Alicia apprit que le père en question dirigeait une agence bancaire, elle décida de ne plus jamais lui adresser la parole, et de chercher un moyen de blesser cette Marina, sensible et bête, amoureuse des animaux ; quelle délectation le jour où un rat, profitant des fissures du bâtiment, s'était faufilé dans la classe, et s'était baladé librement pendant tout un cours, s'attardant autour de la jeune fille, quand le professeur s'en était aperçu, elle avait fondu en larmes. Personne n'adressait la parole à Alicia, et elle n'approchait personne : elle arrivait toujours à se faire dispenser des travaux de groupe sous prétexte qu'elle habitait un autre quartier, la distance et ses responsabilités familiales lui fournissaient des excuses, je m'occupe de ma petite sœur, je ne peux pas revenir ici et la laisser seule. Les professeurs acceptaient. Alors que ses camarades rentraient chez eux en groupes, à pied, elle et sa sœur avaient encore trente ou quarante minutes de trajet. Eva mettait toujours un temps fou à dire au revoir à ses amies, deux bises, une accolade et la promesse de s'appeler dans l'après-midi. Alicia l'attendait patiemment pour descendre jusqu'à l'arrêt de bus.

Toutes les nuits, à l'époque, Alicia rêvait de son père, du suicide de son père, qui essayait de se tuer dans un accident de voiture avant d'aller se pendre à un arbre, nuit après nuit, jusqu'à ce que sonne le réveil, le matin, et alors elle portait ses mains à son cou, et remuait les jambes pour s'assurer qu'elle était vivante. Elle ne l'a jamais raconté à personne. À qui donc ? Son entourage : les amies qu'elle n'a pas, la mère qui ne parle jamais, l'oncle qui travaille sans arrêt, sa petite sœur. Le matin, la sonnerie du réveil, les talons de sa mère, ou le bruit dans une des pièces du petit appartement – chambre, salle de bains ou cuisine – la tiraient du sommeil. La mère se préparait pour aller travailler au bar et leur disait de s'habiller, de petit-déjeuner, lançait des baisers en l'air et refermait la porte, soulagée : elles ne se reverraient pas avant le déjeuner, quand les filles viendraient prendre le menu du jour au restaurant, et le soir, avec un peu de chance, quand la mère rentrerait avec son odeur d'huile frelatée, elles seraient déjà endormies. Alicia le faisait exprès : dès que dix heures approchaient elle se lavait les dents, se mettait en pyjama et souhaitait bonne nuit à Eva, obnubilée par la télévision, qui s'endormait presque tous les soirs sur le canapé dans l'espoir d'embrasser sa mère avant d'aller se coucher, Eva qui embrassait des inconnus, serrant contre elle des gens qui ne le méritaient pas. Malgré le manque de sommeil, ces mois-là, Alicia s'allongeait dans son lit, toutes lumières éteintes, et attendait le mauvais rêve en silence : les yeux fermés, l'image de la terre sèche des derniers jours avant l'été, le suicide de son père, scène après scène, reconstitué.

De quoi rêvent les autres ? Dans le bus qui l'emmène au lycée, Alicia les entend raconter qu'elles perdent leurs dents, qu'elles marchent toutes nues dans la rue, qu'elles loupent des trains ou doivent repasser des examens qu'elles ont déjà réussi. Une fois à la maison, elle en cherche le sens dans un dictionnaire des rêves qu'elle a acheté sur un marché de livres d'occasion : peur du changement, inquiétude liée à une mauvaise passe, fluctuations d'une relation. Hommes ou femmes, jeunes ou vieux, peu importe : personne ne veut avouer rêver d'autre chose. Elle mémorise leurs rêves – descriptions naïves, foule de détails qu'on croit singuliers – au cas où elle ait besoin de les glisser dans des conversations qu'elle n'a pas, et change d'interprétation en fonction de ses états d'âme. Les dents, la nudité, le retard à la gare, la réussite qui ne vient pas : ainsi, son récit sera plus vraisemblable. Qui la croira si elle raconte ce qui se passe vraiment dans ses nuits ?

Son corps suspendu dans la salle de spectacles du lycée : encore aujourd'hui Alicia évite d'en parler quand elle se remémore les menus épisodes de ces années-là, à l'heure du café, ces échanges au cours desquels on dépoussière une scène alors que notre interlocuteur n'a même pas fini de raconter ce qui lui est arrivé. Ce n'est pas par pudeur ou parce qu'elle a honte qu'elle ne le raconte pas, mais parce qu'elle comprend que si elle le faisait – raconter l'histoire, décrire son arrivée au lycée ce jour-là et comment tout a commencé, la peau de la cheville irritée pendant des heures à cause de la corde – elle leur attribuerait une place dans sa mémoire. Est-ce qu'ils la méritent ? Ils ont essayé de l'obtenir, bien sûr : elle reconnaît l'ironie, l'effort de planification ; elle reconnaît qu'à un moment donné elle les a sous-estimés.

Elle se souvient du nom de quelques camarades cette année-là, mais rien de leurs vies, évidemment : elle se rappelle, par contre, ses tactiques pour les faire souffrir, les motifs qui l'ont poussée pendant des semaines à les ridiculiser ou à les humilier en public. Nous avons déjà évoqué Marina : elle, elle connaît son nom. Une autre fille, aux cheveux bouclés, se moquait de ses jeans déchirés aux cuisses à force d'être portés, elle l'avait remarqué. Le garçon qui avait refusé de lui prêter un mouchoir en papier un jour de rhume – elle avait dû nettoyer sa morve avec sa veste à capuche, honteuse : au moment de la sonnerie elle avait couru aux toilettes, rincé le tissu pendant plusieurs minutes sous un jet d'eau froide avant de revenir en classe, toute mouillée – ne lui avait pas facilité la tâche : pas une seule mauvaise décision, pas une maladresse dont tirer profit ; des jours et des jours à le regarder en classe, à le suivre (après s'être assurée qu'Eva se sentait capable de prendre le bus toute seule, et de raconter à leur mère qu'Alicia avait mal au ventre, qu'elle préférait rentrer pour se réchauffer une soupe). En cours de mathématiques, eurêka : le garçon – il s'appelait Daniel – oublie son manuel et demande à partager avec son voisin, avec lui, oui, on peut être généreux. Soudain, un regard échangé, deux ou trois secondes de plus que nécessaire, entre les deux garçons. Alicia s'arrête sur ce geste et pendant plusieurs semaines elle suit la piste : oublis à répétition – le stylo, le Tipp-Ex –, commentaires sur les matches de foot – l'indolence de celui qui questionne et l'enthousiasme de celui qui répond –, regards appuyés, qui ne suscitent aucune réaction, mais que le garçon qui a refusé de lui prêter un kleenex prolonge, croyant qu'ils passent inaperçus. Il se trompe : du dernier rang, Alicia l'observe. Elle s'excuse d'être arrivée la dernière, feint la timidité, mais depuis l'année antérieure elle a compris que c'est le lieu le plus stratégique, celui qui donne un avantage sur le reste de la classe. Voir sans être vue. Analyser le reste des adolescents de quatorze, quinze ans : se placer, par rapport aux autres, dans la seule position privilégiée que les circonstances lui permettent.

Dans l'adversité, deux options s'offraient à elle : l'attaque ou la défense. Alicia choisit l'attaque. De sorte que, mon gars, comment t'appelles-tu déjà – tu as de la chance, je m'en souviens : Daniel –, va savoir qui est ton père et qui est ta mère, où tu vis, quel bureau tu occuperas dans dix ou vingt ans ; de sorte que, mon gars, qui a refusé d'ouvrir ton sac, de sortir ton paquet de mouchoirs et d'en donner un à la camarade qui te l'a demandé deux rangs derrière – la fille entre Alicia et toi, Daniel, a fait office de messager : Alicia lui a accordé son absolution parce qu'elle reniflait tout autant, et qu'elle aussi a fini par tacher la manche de son pull –, puisque le garçon qui s'assied à côté de toi t'attire, tu vas avoir droit à une petite leçon, pour que la prochaine fois tu te comportes un peu mieux, que tu sois un peu plus aimable. Alicia ne sait pratiquement rien de l'un comme de l'autre : mais elle est tout à fait consciente que dans un collège religieux certaines relations peuvent poser problème. Elle se demande comment elle va se venger, et le blesser : dévoiler son orientation lui semble excessif et injuste, indigne de sa personne, de plus en plus subtile. Elle ne veut pas démolir la vie de Daniel, futur ingénieur, futur commissaire aux comptes, à qui d'ici dix ou vingt ans Alicia servira un café ou une entrecôte : juste une petite leçon qu'il sera le seul à remarquer, lui tirer les oreilles pour le faire réfléchir et le pousser à s'excuser pour son manque d'amabilité. Un matin, en changeant son tampon hygiénique, Alicia se décide : au moment où la cloche sonne pour sortir en récréation – comme elle ne parle à personne, elle a coutume de le passer à la bibliothèque – elle s'attarde un peu pour ranger ses affaires, jusqu'à ce que tout le monde soit sorti. Elle ouvre le sac de son camarade, en tire un livre, le range à nouveau et referme le sac. Personne ne pourra l'accuser : elle agit à toute vitesse et ensuite elle fait acte de présence à la cafétéria, aux toilettes et devant le panneau d'information, scrutant les offres d'échanges linguistiques ; elle a aussi demandé rendez-vous à la conseillère d'orientation, en avançant que l'année prochaine elle changera de lycée et qu'elle ne sait pas comment affronter tous ces bouleversements. Personne ne se méfie d'une pauvre gamine orpheline de père qui demande de l'aide, incapable de s'adapter à un nouvel environnement, avouant qu'elle n'a pas envie de devenir une adolescente à problèmes. Au cours suivant, quand le professeur indique la leçon du jour, Daniel découvre une serviette hygiénique ouverte sur toute la page, les ailes recouvrant les images, et quand il essaye de la décoller le livre se déchire. À part lui, seul son voisin et la fille de la rangée suivante s'en sont aperçus – nous la connaissons déjà, c'est une autre de ces solitaires : Alicia se fiche tellement de son existence qu'elle n'a aucune envie de gaspiller son énergie avec elle –, et Alicia regrette de n'avoir jamais songé à utiliser des serviettes hygiéniques auparavant, même si elle ne cherche pas spécialement le spectaculaire. Le voisin de Daniel s'agite, Alicia remarque qu'il plante ses ongles dans ses bras pour s'empêcher d'éclater de rire ; Daniel va mettre mille ans à le regarder dans les yeux, si toutefois il y arrive. Alicia n'en verra rien, parce qu'à ce moment-là on l'aura déjà suspendue par la cheville dans la salle de spectacles du lycée et qu'elle passera le reste de l'année scolaire chez elle.

L'attaque ou la défense, donc : les projets collectifs, dont elle est exclue, lui font violence. Alicia ne s'inscrit pas aux excursions à la campagne ni aux soirées théâtrales avec la Carte jeune, évidemment, parce qu'elle ne partage rien avec ses camarades, parce qu'elle n'est pas sûre de pouvoir se le permettre – elle passe toute l'année avec les affaires que sa mère lui avait achetées par le passé –, et parce qu'elle sent que c'est ce qui la tient à l'écart : on ne l'invite pas aux anniversaires, ni au cinéma, parce qu'on sait qu'elle n'a pas d'argent. Sa vie est un mystère, mais tout le monde sait ce que veulent dire ses pantalons usés aux genoux, et les bus qui vont de l'autre côté de la ville. Quelle tristesse, pauvre petite fille pauvre, mais Alicia veut qu'ils le fassent, qu'ils la comptent dans leurs plans : elle veut qu'une camarade s'approche, qu'elle lui dise avec enthousiasme que le samedi ils ont prévu d'aller à la discothèque *light*[1] à six heures du soir, est-ce qu'elle veut venir ; Alicia aimerait feindre une grimace de supériorité, se dérober, répondre non, non je n'ai pas l'intention de perdre mon temps avec toi. Peut-être, en guise de point final, esquisser un sourire, puis revenir à ce qu'elle était en train de faire, ranger les cahiers dans son sac, fermer sa trousse. Elle veut avoir l'opportunité de les rejeter, au minimum. Comme personne ne la lui donne, d'une façon ou d'une autre elle leur fera comprendre qu'elle existe, un corps presque collé au mur de la salle pleine à craquer, si loin du bureau du professeur que parfois lever la main ne suffit pas, et qu'elle doit élever la voix pour réclamer l'attention.

---

1. En Espagne, discothèque réservée aux adolescents mineurs, et qui ouvre en fin d'après-midi.

Murmure dans les premiers rangs, quelqu'un répond non, pas comme ça, ça c'est d'où tu viens. Le professeur s'excuse, Alicia, d'ici je ne vois pas bien le rang du fond, qu'est-ce que tu veux savoir. Alicia explique, se complaît dans une question trop évidente pour son intelligence, à laquelle elle a déjà répondu toute seule ; en réalité, elle cherche du regard ceux qui ne vont pas le lui rendre, certaine d'identifier ainsi l'auteur du commentaire.

Dans le fond, elle ressent une certaine fierté : de ce qu'elle a réussi à éveiller chez ses camarades, de la façon qu'ils ont eue de réagir. S'est-elle comportée si mal que ça ? Ils ont tout calculé, la distance et le poids, les horaires : épreuve réussie. Si elle pense à ce qui s'est passé, si dans dix ou vingt ans elle pense à ce qui s'est passé, il lui restera deux options : la comédie ou la vérité. Jouer les idiotes, comme face aux questions des professeurs : je ne connais pas ceux qui ont fait ça, je ne sais pas quand ils l'ont fait, je ne sais pas pourquoi ils l'ont fait. Et pourtant, maintenant, la vérité : quatre personnes. Est-ce qu'ils ont agi de manière isolée, un groupe de voyous, ou est-ce qu'ils représentent toute la classe, une assemblée qui aurait décidé de la meilleure manière de faire taire Alicia jusqu'à la fin de l'année scolaire ? Mario – première interaction avec lui : il parle beaucoup avec Marina, la fille au rat, dont le père est directeur d'agence – l'a attrapée par les cheveux, à la grande satisfaction d'Alicia : le scandale qu'elle cherchait, qui aurait ramené la classe des Carmélites au niveau des élèves du collège public et de sa cour de béton. Ils sont arrivés dans son dos : dans le couloir d'entrée s'entassaient filles et garçons, manteaux et crayons, sacs à dos assez nombreux pour l'obliger à avancer, sans qu'elle puisse reculer. Ils ne lui facilitent pas la tâche. Elle avance parce qu'elle préfère la tension à la douleur physique, qu'elle a du mal à tolérer. Mario tire la queue de cheval vers lui, elle résiste et tend la tête vers l'avant, il la pousse dans le dos. Alicia continue vers la salle des profs, les bureaux et la salle de spectacles, certaine qu'un adulte se rendra compte que plusieurs paires de mains la dirigent. Ils n'ont pas besoin de ça – à quatre contre un –, mais elle comprend que Mario prend plaisir à lui faire mal. À ce moment-là, Alicia entend : regarde-là, elle y va toute seule. Mario relâche l'effort de sa main gauche, celle qui tire les cheveux, et pousse avec la main droite, fermement tendue sur son dos. Ainsi donc il y a un plan, pense Alicia ; elle pense aussi que la situation devient intéressante. Elle demande où ça, et on lui répond à la salle, la salle de spectacle. Évidemment, elle relie la voix – toujours la même – à un visage, un prénom, un corps ; même si elle ne s'intéresse jamais à ce qu'ils ont à dire, elle écoute toujours en cours, au cas où elle trouve un détail qui pourrait lui servir. Susana, maquillage au coin des yeux, et la meilleure note d'Éducation physique : les livres, ce n'est pas trop son truc. Alicia ne se rappelle pas lui avoir fait quoi que ce soit : Alicia, à Susana, bien sûr ; elle est surprise qu'elle ait accepté de s'en mêler. Quelqu'un – une autre voix, différente : Sarita, elle s'est moquée d'elle le jour où elle a fait plusieurs fautes d'orthographe d'affilée au tableau, elle était revenue à sa place mortifiée et n'a plus jamais levé la main – annonce ouverte, qu'elle est ouverte, le premier jour, le conseiller d'éducation a expliqué qu'elle ne ferme pas bien, parce que la porte gonfle, et que c'est pour ça que parfois il est si difficile de l'ouvrir et qu'à plusieurs reprises ils ont même dû reporter des conférences. Une quatrième voix – salut Daniel :

je m'y attendais – les encourage, vite, vite : ils pourraient être découverts si une classe a réservé pour la première heure. Maintenant, Susana lui attache les mains avec une corde tressée ; Alicia se laisse faire, curieuse. Elle regarde les uns et les autres : ils se ressemblent tous, tignasse longue et brune pour les filles, cheveux courts pour les garçons, hérissés vers le haut à la gomina. Elle pourrait interchanger leurs visages et leurs identités, et personne ne découvrirait jamais que l'adolescent qui s'assoit à sa table pour déjeuner n'est pas le même que celui qui le matin même est sorti de chez lui pour aller au lycée. La bonne corde elle est dans mon sac, explique Mario. Dépêche-toi, grimpe. Alicia imagine que celui qui se hisse sur un camarade pour attacher la corde à la poutre doit être mince et agile : Sarita devrait faire l'affaire, grâce à la hauteur réduite de la salle, aux curés radins, qui dans le même espace ont construit deux étages et refusé les hauts-plafonds. Alors, c'est vrai ? C'est vrai que sa vie s'achève ici, dans la salle de spectacles du lycée, devant un tableau où saint Jean de la Croix reçoit l'illumination d'un rayon qui est Dieu lui-même, pendue par Mario et Susana et Sarita et Daniel ? Bon, on a vu pire, pense-t-elle pendant qu'ils la retournent. Elle est déconcertée par ce dernier geste : la corde qui ne vient pas autour de son cou, mais sur sa cheville droite.

Quand Alicia répond qu'elle ne se souvient pas c'est parce qu'elle ne se souvient pas, et quand Alicia répond qu'elle ne le sait pas c'est parce qu'elle ne le sait pas. Pire : ce n'est pas qu'elle ne se rappelle pas ou qu'elle ne sache pas, mais elle n'a pas envie de perdre son temps en explications. C'est le directeur qui l'interroge tout en rajustant son col romain, et Alicia ne bronche pas ; un curé puis un autre curé puis un autre curé, qu'elle n'a jamais croisés dans les couloirs, jamais entendus à la messe – on les oblige sans arrêt à aller à la messe, certains dimanches Eva et elle font l'aller-retour en bus pour communier –, et Alicia insiste, elle ne se souvient pas, elle ne sait pas. Parmi les curés il y en a un qui lui donne raison, elle doit avoir peur ; ils devraient arrêter de faire pression sur elle pour qu'elle dénonce ses camarades, parce que la terreur – la terreur ! se répètera Alicia chez elle, le soir, contenant son rire – a dû paralyser sa mémoire. Allez savoir quelles horreurs elle a subies, explique-t-il aux autres curés, après la terrible expérience qu'elle vient de vivre ; combien d'épreuves notre Seigneur doit nous infliger pour que nous puissions nous montrer dignes de lui, n'est-ce pas ? Alicia répond, bien sûr, mais oui, c'est vrai, tout en comprenant que sans le savoir ils lui ont fourni une excuse parfaite. Si je les dénonce, mon père, comment pourrai-je me risquer à revenir en classe ? Suspendue à la poutre de la salle de spectacles, la tête en bas, Alicia avait entendu ses camarades gagner la sortie, Mario, Susana, Sarita, Daniel, qui a eu l'idée, qui a motivé les autres : ils ont ramassé leurs sacs, se sont assurés de ne pas oublier un trousseau de clefs ou une trousse qui les aurait dénoncés, quelqu'un – elle n'a pas pu savoir qui : ils l'ont suspendue face à la scène – s'était efforcé de bien plier son manteau et de protéger le sac d'Alicia pour que personne ne le vole. Ce geste – c'est plus tard qu'elle y pense – l'avait attendrie : lui faire du mal, mais seulement jusqu'à un certain point. Ils avaient eu du mal à ouvrir la porte, fermée pour que personne ne vienne les interrompre. Quand elle l'avait entendue claquer, elle avait fermé les yeux, et attendu patiemment que quelqu'un la découvre et qu'on vienne la décrocher. Plusieurs heures avaient passé – elle aurait même juré qu'elle avait dormi un peu – jusqu'à ce qu'une professeure qui voulait jouer les professionnels devant une conférencière qu'elle admirait, profite d'une pause pour venir aligner les chaises dans la salle, déposer un arrangement floral au pied de la scène, découvrir le corps d'Alicia suspendu à une corde.

Un peu plus tôt, pendant que Mario et Susana et Sarita et Daniel se donnaient des indications, Alicia les avait interrompus :

— Mon père s'est pendu. La corde au cou. Si vous vouliez vraiment vous moquer de moi, il ne fallait pas oublier ce détail. Allez !

Ils ne l'entendirent pas ou firent mine de n'avoir rien entendu. Ils riaient. Se taisaient. Disaient à quel point les autres seraient impressionnés. Tout ça pour ça ? Est-ce qu'ils en parlent encore aujourd'hui, des années plus tard, en prenant un café avec leurs amis ? Alicia est-elle restée gravée dans leur mémoire ?

LA BATAILLE

Madrid, 1982

Tiens, María : ta bière. Pourquoi ? On trinque à quoi ? Mais qui a commandé un demi. Un demi, un jour pareil ; tant qu'on y est, on aurait dû demander un verre de vin. Ou du champagne, comme les Français ! C'est de là qu'ils viennent, tous ces types ! Trois demis ! Mais à qui j'ai donné rendez-vous, moi, pour aller là-bas ? Je vais rentrer pleurer chez moi ! Alors à quoi on trinque ? Pour ce qui vient. Sérieusement, tu vas faire confiance à quelqu'un qui s'est barré en courant au pire moment ? Un demi, un autre demi, une pinte qui déborde sur la main de l'autre quand on la choque avec les plus petits verres – quelques gouttes seulement –, un verre de vin, quelqu'un qui approche un verre de soda. Ça porte malchance ! Qui a demandé du jus de raisin ? C'est une célébration, bordel, pas un enterrement. Un jus de raisin. Tu as quel âge ? Ta maman t'a laissée sortir, ma belle ? En voilà une façon de porter la poisse au pays ! Je t'en commande une autre ? Et encore un toast ! À nous ! Où est passée la solidarité ? À nous et à tous les autres ! À nous et aux camarades qui n'ont pas pu venir aujourd'hui ! À la fille du comptoir ! Surtout à la fille du comptoir ! Verre contre verre contre verre contre verre, une main du groupe d'à côté – velue sur les phalanges, le blanc des ongles bien blanc, le bracelet de montre, en cuir, presque neuf – se joint au toast, au comptoir amis et inconnus se mêlent. María approche son cure-dent – on ne leur a pas donné de fourchettes – d'un plat de *croquetas*, consciente qu'il appartient à des hommes à moustaches, identiques les uns aux autres, elle a du mal à les différencier, même coiffure, même barbe, même veste ; elle attrape une *croqueta*, puis une autre, puis encore une autre, jusqu'à ce que la fourchette de l'un d'eux se cogne à la céramique, et en levant les yeux il la voit elle, qui mâche.

— Mais nous avons une voleuse ici !

María part d'un rire nerveux, la bouche encore remplie de béchamel et de restes de jambon, et le type la regarde et rit aussi avec elle. Sa réaction peut être qualifiée de cérémoniale : il imite une révérence devant María, baise sa main – le cure-dent encore dans son poing fermé à elle, sa bave à lui sur le dos de sa main –, demande à la serveuse de ramener une autre portion de croquettes, uniquement pour la demoiselle. María refuse, quelle honte, elle peut payer sans problème ; dans le bar une odeur de vinaigre, de sueur et de cigarettes. Les hommes du groupe des *croquetas* fument ; tous l'observent, maintenant, elle a encore une partie du corps avec ses amis, mais la tête tournée vers eux. Elle finit par se retourner tout à fait, comme s'ils le lui avaient réclamé. Ils n'exigent rien, ils ne lui ont presque pas parlé, mais elle a la sensation étrange qu'elle leur doit un peu d'attention. En réalité, ce n'était pas une erreur : uniquement pour la première *croqueta*, parce qu'elle pensait que c'était Pedro qui les avait commandées, mais dès la deuxième, elle avait remarqué que ses voisins – leurs mains sans marques d'accidents, les ongles bien coupés – mangeaient dans cette assiette. Alors elle s'était aventurée à en dérober une ou deux de plus, pensant qu'avec ce geste elle rétablissait une forme étrange de justice.

— Mais viens, ma belle. Viens trinquer aussi avec nous.

María observe l'homme qui lui parle : le contraste entre les cheveux noirs, frisés, abondants, et la moustache toute fine, comme si c'était voulu, à peine quelques poils de part et d'autre. Elle remarque aussi le parcours que décrivent ses yeux : l'homme regarde son visage, mais aussi son corps, s'arrête sur ses mains. Il va voir sa peau fendillée, ses ongles sans vernis : il cherche une alliance, en tout cas c'est ce qu'elle imagine. María a déjà vécu cette situation plusieurs fois, elle sait comment ça finit, alors elle sourit et revient dans son groupe. Elle entoure Pedro par la taille, et l'embrasse sur la joue. Elle entend les voix des hommes qui essaient toutes de prendre le dessus, peut-être un commentaire sur elle qu'elle ne saisit pas. Tiens María : ta bière. J'ai vu que ta bière était finie, tu en voulais une autre, non ? Aujourd'hui il faut faire la fête. C'est un jour spécial ! C'est ce que lui disent tous les amis qu'ils ont rejoints dans un quartier qu'ils connaissent à peine : certains le traversent très tôt le matin, ou très tard le soir, parce qu'ils ne travaillent pas loin, et d'autres vont s'y balader les jours de congé, comme des touristes dans leur propre ville. Elle ne se souvient plus de qui a proposé ça à la dernière réunion : s'ils gagnent, on fête ça vendredi, n'est-ce pas ? Pas le jour-même, pour ne pas manquer un jour de travail, mais le vendredi, sans faute. Un bar près du bureau, le chef nous oblige à rester plus tard pour boucler le mois. Mais ne te plains pas, monsieur le ministre, tu es le seul ici à mettre une chemise tous les jours ! Encore un toast ? À nous, bien sûr ! María est venue parce que Pedro le lui a demandé, sinon, ils ne pourront pas se voir avant la semaine suivante. D'ailleurs elle ne rate jamais une réunion du groupe, et quand à l'association ils ont besoin de quelqu'un pour cuisiner ou pour faire le ménage après un pot, elle est toujours volontaire. Certains ont eu du mal à l'accepter, parce qu'ils auraient préféré se voir sans femmes ni enfants, mais quelqu'un a demandé qui nettoierait si elle ne le faisait pas, et ils n'ont pas eu le choix. Si tu bois cul-sec je paie une autre tournée pour tout le monde. Qui a osé demander un verre de vin ? Mais de quoi tu as hérité, gamin ? Le duché du rouleau de peinture ? Non non, je suis Marquis de la Pelleteuse Véloce.

Parmi eux, aucun ne milite dans un parti, même si certains aiment parfois à penser qu'ils font de la politique, à leur façon ; les autres se contentent des conversations, ils sentent qu'ainsi ils s'élèvent quelque peu au-dessus du travail mécanique. Pedro leur avait lancé, au cours d'un splendide discours, un midi, devant un riz aux légumes : imaginez le jour où tous les chefs et les chefaillons se rendront compte que nous pensons par nous-mêmes. Certains ont voté pour le PSOE, et d'autres pour les communistes ; elle, Pedro, peut-être un ou deux autres camarades qui affichent une mine amère quand leurs regards se croisent pour trinquer, et qui n'ont pas hésité à exprimer leurs doutes sur le programme de Felipe González au bar la semaine précédente. Pour María, c'est très clair, ils n'ont pas gagné, c'est ce qu'elle a dit à Pedro la veille, au téléphone, mais elle se console avec le bonheur de ses amis à lui, qui ne sont pas ses amis à elle. Elle ne se rappelle pas non plus le moment où ils se sont rencontrés pour la première fois, sauf pour Pedro, évidemment, mais quand Untel est venu pour la première fois à une réunion ou a rejoint la bande. Certains faisaient partie d'un groupe paroissial, qui s'était dissout au moment où le curé avait été remplacé ; Pedro avait adhéré à l'association de quartier pour se faire aider quant à sa situation familiale. Au bout d'un moment, María avait fini par l'accompagner aux réunions parce qu'elle n'arrêtait pas de lui poser des questions, et le voisin du dessus aussi, il l'avait aidé à s'occuper de la pension de son frère, et pouvait donner un coup de main pour la paperasse.

Pour eux, María est une présence constante, mais ils la traitent toujours comme une extension de Pedro. Le groupe s'est habitué à prolonger les réunions dans le bar du quartier, et il a vite étendu son action à d'autres sujets : améliorer la voirie, trouver des volontaires pour remplir les requêtes en veuvage, orphelinage ou handicap, il ne faut pas que tu loupes ce film, ce livre, ce 33 tours. Mais s'ils ne bronchaient pas quand ils se prenaient un savon de leur patron pour garder leur emploi, comment la fiction pouvait-elle les consoler ? Pour certains, c'était utile, d'autres se sentaient comme des imposteurs, d'autres encore restaient froids mais feignaient l'enthousiasme pour ne pas être en reste. Il y avait aussi ceux qui considéraient que tout cela les détournait de la lutte véritable, et qui insistaient pour franchir le pas : militer, se syndiquer, changer le monde pour de vrai.

Certains rentrèrent au quartier, et ce soir-là quatre corps restèrent sur place : Alfonso, Víctor, Pedro, et María aussi. Víctor avait débarqué dans le bar en criant « Grande soirée ! » et Pedro l'avait accueilli avec une pinte de bière. Il eut bientôt de la mousse plein les lèvres : Víctor était toujours le dernier à rejoindre le groupe, et María avait fini par penser que cela lui permettait de s'offrir une entrée triomphale, plus puissante. C'était le plus jeune, le plus naïf, et aussi le plus grand, de taille. On avait cessé de lui faire des blagues parce qu'il gobait tout. Venus d'un village d'Extrémadure, ses parents s'étaient installés dans le quartier dans les années 50, et il était né à Carabanchel, ce qui lui donnait un certain avantage. Il avait gambadé dans ces rues enfant, pensait-on, qui osera contester son avis sur ce qu'il faut faire et comment se comporter ?

— Imagine. Un gouvernement de gauche, socialiste, dans notre démocratie. Avec une majorité absolue. Porté par les travailleurs. Tu crois que quelqu'un racontera ça un jour ?

— Víctor, bienvenue dans le monde réel. Toc toc ! (Alfonso tapote la tête de son ami avec les jointures de ses doigts.) Y a quelqu'un là-dedans ? Regarde le journal. C'est marqué là : 28 octobre 1982. On est déjà en train de le dire. Les journaux, la radio. On n'entend que ça !

— Oui, mais les nouvelles, on les aura déjà oubliées après-demain, ce sont les livres et les films qui raconteront ça à nos enfants, à nos petits-enfants, de même qu'aujourd'hui ils nous permettent de savoir ce qui s'est passé.

— Et qui va raconter ça, Víctor ? Toi et moi nous venons de sortir du travail, nous avons nos dimanches, mais tu dois les passer en famille, Alfonso se barre au village avec ses beaux-parents, et moi je fais mes trucs. Quand pourrions-nous raconter tranquillement notre histoire ? Est-ce qu'on pourrait seulement le faire ? Tu sais que je m'emmêle les pinceaux si je dois écrire. Je n'ai pas le temps, ni le mode d'emploi. Même pour mon frère c'est Juan José qui a dû m'aider.

— Tu crois vraiment que quelqu'un va s'intéresser à ce que tu as à dire, Pedro ? Ce qui va les intéresser c'est ce qu'ils diront, eux. Celui-ci, celui-là, tel ou tel autre : ceux de la photo sur le journal. Oublie tout ça, ils ne sont pas comme nous. D'abord, ils ont fait des études. Tu connais combien de gens de notre âge qui aient fait des études ? Et ne viens pas me parler des cours que prend la femme de Víctor. Je parle de vraies études : l'université, avec tout le cursus, toutes les matières, les familles qui prennent tout en charge. Combien tu connais de gens de notre âge qui aient fait des études, sans être pour autant tes chefs ? Même Juan José, rends-toi compte, même lui il n'est pas traité comme ses collègues au bureau. Ces types-là, les types du journal : ce sont eux nos chefs.

— Ce qui signifie qu'ils ne sont pas des nôtres, Alfonso. Ce sont nos ennemis.

— Tu dis que nos chefs sont nos ennemis, Pedro ? Ils luttent pour les mêmes choses que nous. Avoir un salaire juste pour notre travail, ne pas être obligé de faire trop d'heures, que nos enfants aient la même éducation que les autres. On doit leur faire confiance.

— Je repense à ce que tu disais, Víctor : que quelqu'un devra raconter ça dans quelques années. On trouvera des gens pour s'intéresser à ce qui se passe là, sur la photo, non ? Et à ce qui leur arrive, à eux. Mais ce qu'on est en train de raconter, ici, au bar, entre nous, je ne pense pas que ça puisse intéresser qui que ce soit. Et si on décidait de le raconter, sous quelle forme ? Qui s'en chargera : tes enfants, tes petits-enfants ? Tu te souviens de ce livre dont on a parlé l'an dernier ? Celui sur le bon sauvage. Un pauvre travailleur ignorant, gentil, affamé. On est interchangeables : peu importe d'où on vient, de quelle histoire. Moi j'ai le même rôle que toi. Tu ne penses pas ?

— Écoute, Pedro, ce que je ne comprends pas bien c'est ce que tu veux dire, du coup. Que mes enfants ne seront pas comme moi ?

— Plus ou moins. S'ils étudient, s'ils vont à l'université, ils seront différents. S'ils quittent le quartier, s'ils ont un meilleur boulot, leur vie n'aura rien à voir. Tu ne penses pas, Víctor ? Regarde ta femme, qui a quitté le village, même si vous revenez de temps en temps, est-ce qu'elle se comporte comme les femmes qui sont restées là-bas ? Qu'est-ce qu'elle en dit ?

— Je m'en fous complètement, Pedro. On est vendredi soir. Tu peux pas te contenter de boire tranquillement ? Bien sûr que ma femme n'est pas comme ses cousines. Ma femme est venue ici. Ça n'a rien à voir.

— Juste ça : qui écrit dans les journaux ? Qui parle à l'Assemblée ? Si on suit cette voie, on finira par utiliser les mêmes mots que nos ennemis.

— Encore la même rengaine… Tu crois vraiment ? Cette information, je la lis, je la comprends : Ce matin, Felipe González Márquez, quarante ans, qui sera selon toute probabilité le nouveau premier ministre espagnol, a affirmé au cours de sa première déclaration au pays après sa victoire… Dis-moi quel mot tu ne comprends pas, là, même sans avoir fait d'études et en bossant dans une quincaillerie. Ce que moi je ne comprends pas en général c'est les bouquins dont vous parlez en réunion. Tu me les prêtes, je les feuillette dans le bus, mais je ne les comprends pas. Ils écrivent en quelle langue ? À quoi ils font référence ? Que ceux qui les ont écrits me montrent leurs mains : est-ce qu'ils ont déjà travaillé avec ? Je parle de vraiment travailler : pas prendre un stylo ou taper sur une machine à écrire. Je ne sais pas ce que c'est, le langage de l'ennemi, si même ceux qui sont de mon côté ne veulent pas que je comprenne ce qu'ils défendent.

— Et c'est qui, l'ennemi ? Ces types qui font la une ? Voyons, María, commence par balayer devant ta porte, Pedro a pris la mouche et il nous cherche. Sois un peu fair-play, mon gars.

María n'a pas ouvert la bouche depuis le début de la conversation : une petite gorgée de bière, une tranche de chorizo dans du pain, boire et manger pour se distraire tout en écoutant. Elle ne sait pas si elle doit intervenir, elle pense même qu'elle ne devrait pas parler : elle préfère éviter la gêne de Pablo et la stupeur de l'auditoire ; c'est déjà bien qu'elle ait pu prendre part à la soirée, plutôt que de rester à la maison. Elle a opté pour le silence, comme toujours ; elle assiste aux réunions, aux assemblées, note les titres des livres qu'on mentionne, les cherche pour les lire, et relève ensuite les idées dans des cahiers qu'elle empile dans le meuble du salon, mais ne lève jamais la main aux réunions. À la maison, c'est différent : avec Pedro elle parle politique, pas tant de ce qui se passe maintenant mais de ce qui viendra après. Elle pense qu'elle a une fille. Qu'aura-t-elle à vivre ? Qu'est-ce qui lui arrivera quand elle aura l'âge qu'elle a elle, maintenant ? Pourtant, si elle doit citer un exemple, elle préfère parler des enfants des autres : quelle vie auront les enfants d'Alfonso, les enfants de Víctor ? Est-ce qu'eux aussi seront angoissés par le remboursement de leurs prêts, ou même pour un demi au bar, un vendredi soir ? Est-ce qu'ils s'inquiéteront de la façon dont on raconte leur histoire ? Quand Pedro répète ses idées devant ses amis – pas les siennes à lui, mais celles qu'elle lui expose –, et qu'elle perçoit leur admiration, sa fierté s'éveille, parce que c'est une forme de reconnaissance de ce qu'elle pense, même si personne n'en a conscience.

— Pedro n'est pas aussi content que toi. Il faut que tu le comprennes... Il ne leur fait pas entièrement confiance.

Elle regarde autour d'elle. Après son intervention, la discussion qui se poursuit est devenue comme un bruit de fond. Elle compte trois femmes dans tout le bar : une entre la cuisine et le comptoir, la cinquantaine bien tassée, des taches sur son tablier, la femme du propriétaire, suppose-t-elle ; une autre, très jeune, assise à une table avec un groupe de garçons de son âge – la vingtaine, des étudiants qui grignotent un petit quelque chose avant de partir en soirée – ; et elle, trente-trois ans, qui aujourd'hui a décidé de sacrifier quelques heures de sommeil pour se joindre à la fête. Dans l'association, il n'y a pas beaucoup de femmes non plus, et presque toutes celles qui viennent aux réunions – elle la première, avec Pedro – le font avec leur fiancé, et n'ouvrent jamais la bouche. Ce qu'elle dit à Pedro, elle en parle aussi avec d'autres femmes, une ou deux à la fois, jamais plus, toujours dans le salon d'une maison, parfois un bébé pleure, ou une gamine joue par terre. Elle y retrouve l'atmosphère des premières réunions après sa rencontre avec Pedro, quand il travaillait encore à l'usine avec le mari de sa cousine, et qu'un dimanche elle l'avait entendu parler de la solidarité entre ouvriers ; depuis ce jour-là elle avait toujours cherché à s'asseoir près de lui.

Ce qui arrive à ces femmes, personne ne doit le savoir. Pour elles, l'ennemi, c'est le chef : celui qui a plus d'argent, plus de pouvoir, celui qui change leurs horaires sans leur demander leur avis, celui qui les prend de haut. L'ennemi, c'est le chef, et c'est la femme du chef, et c'est la fille du chef. Mais l'ennemi, lui dit Loli un jour, c'est aussi l'homme qui dort avec elles. On est là, lui expliquait-elle, comme des bonnes copines qui prennent un café tout en commentant les mariages des gens célèbres, parce que nos maris ne supporteraient pas de nous entendre : ils seraient les premiers à nous l'interdire. La benjamine de Conchita leur gardait les tracts de l'université : divorce, avortement, féminisme. Combien d'enfants tu as faits, Loli ? Tu n'aurais pas préféré t'épargner une ou deux grossesses ? Conchita, tu vas vraiment attendre que ton mari meure pour vivre comme tu en as envie ? Pourquoi tu as dû rester chez toi t'occuper des enfants au lieu d'aller gagner le pain que tu manges, alors que tu es plus forte et plus intelligente que lui ? Idem pour Irene, qui travaillait les champs, au village – certaines cicatrices, pas toutes, viennent de la houe que son frère lui a appris à utiliser sans que leur père le sache – et qui en ville se retrouve cloîtrée chez elle, si elle décidait de se séparer elle n'aurait même pas de quoi vivre. Elles ont essayé de l'aider, mais elles ne savent pas comment : pas de place chez elles pour une femme seule avec ses enfants, et même si elles regroupaient toutes leurs économies ça ne suffirait pas pour un petit appartement ou un avocat pour s'occuper du divorce, et en outre elles ne l'expriment pas à voix haute, mais elles ne veulent pas non plus – María a un peu honte de cette sensation – risquer de devenir une cible pour la colère du mari, dont Irene leur a tant parlé. Elles parlent moins de María, parce qu'elle-même a du mal à le faire. Les femmes vivent dans la même rue et discutent de tout ça ; la fille de Conchita leur explique patiemment ce qu'elles ne comprennent pas, parfois María s'occupe des enfants de Loli si elle entend du bruit dans son appartement – porte contre porte –, elles observent toutes beaucoup Irene, celle qui parle le moins possible. Personne ne saura jamais rien des guerres qui se livrent dans leurs salons : un samedi après-midi, María les a prévenues, en ajoutant un peu de lait dans son café, alors que tous les maris tardaient à rentrer à la maison : imaginez le jour où ils vont se rendre compte qu'on pense par nous-mêmes.

— Mais regardez-nous – c'est la voix de María. Hier on n'a pas pu aller à la calle Mayor, ni à San Jerónimo, parce qu'aujourd'hui on travaillait. Et aujourd'hui, au lieu d'aller boire des bières au bar de Mateo, dans le quartier, on est venus jusqu'ici, je ne sais pas très bien pourquoi. Qu'est-ce qu'on cherche à faire ? Faire semblant d'être ce qu'on n'est pas ? Regardez le groupe là-bas : ils portent les mêmes habits que nous, mais ils sont avocats. On leur a payé un cursus universitaire. Ils vivent dans de bons appartements, pas loin d'ici. Et ceux-là, là-bas : des étudiants. Tu faisais quoi, Víctor, à dix-neuf ans ? Et toi, Alfonso ? Pedro ? Est-ce que vous alliez boire des coups le vendredi soir, avec vos amis ? Jouer aux cartes au café ? Moi je me taisais et je nettoyais la merde dans une maison ou une autre : peu importe où et pour qui. Alors, qu'est-ce qu'on fait maintenant ? On trinque à l'avenir ?

Évidemment, personne ne trinque. C'était pourtant son intention, mais tout bien réfléchi, elle se tait de nouveau, boit une gorgée, jette un coup d'œil à la carte. Pedro lui demande si elle a encore faim, parce qu'ils comptent aller dans un autre bar, avec plus de musique et moins de lumière. Tu veux rentrer, María ? Peut-être que tu préfères. Elle dit non avec la tête, non à tout : elle n'a pas faim, elle ne veut pas rentrer. Ils paient, elle salue le propriétaire de l'assiette de croquettes – elle cherche son regard, lève le menton – et ils quittent le bar.

— J'aime bien ton pantalon.

María a compris que la femme aime bien son pantalon, sauf qu'elle a mis des collants. C'est le troisième bar de la soirée – le quatrième, si elle ajoute celui du début, avec les tapas et les bières – et María pense qu'elle a trop bu. Bientôt elle va devoir convaincre Pedro de rentrer, pour se doucher rapidement, se changer ; demain – aujourd'hui déjà – elle ira travailler avec la gueule de bois, mais elle se console à l'idée que l'après-midi elle pourra se reposer, et qu'elle sera libre le dimanche, même si Pedro voudra sans doute venir un moment chez elle après le déjeuner. Quand elle s'est jointe à la sortie du vendredi, elle a presque tout calculé : une soirée différente, dans un quartier où elle n'avait jamais mis les pieds depuis qu'elle était arrivée à Madrid, et qu'elle connaissait uniquement à travers des coupures de presse. Et la voilà, avec ses collants noirs et son chemisier à épaulettes, si grand qu'elle le porte comme une robe, dans ce bar où tout le monde mesure quatre ou cinq mètres de plus qu'elle.

— J'aime bien ton pantalon, je te dis.

— C'est pas un pantalon. Ce sont des collants.

— Et tu te balades comme ça dans la rue, à montrer ton cul aux passants, ma bonne fille ?

Elle lui explique patiemment que non, dans la rue elle met un long manteau, qui lui descend jusque sous les genoux, et que ses collants sont noirs – à première vue, ajoute-t-elle perfidement – et que son chemisier lui arrive au milieu des cuisses. En réalité, elle traduit en mots ce que la femme verrait si elle prenait la peine de la regarder. María l'observe : la robe si courte qu'on voit ses dessous, le tissu qui brille – un tissu pareil, pense María, même pour le Nouvel An je n'oserais pas –, des boucles d'oreille immenses, en forme d'ananas, un maquillage qu'on devine fluorescent malgré la faible lumière des toilettes. María ne s'est presque pas maquillée, un peu de rimmel et de rouge à lèvres dans le deuxième bar.

Elle n'a pas bu tant que ça, après tout, si elle est capable de décrire la femme aussi clairement ; ou peut-être qu'elle a beaucoup bu, mais qu'elle encaisse bien. C'est ce que lui disent les autres, là, dehors : María boit comme un bonhomme.

Dans les toilettes pour femmes il y a un seul cabinet. Une fille a laissé sa place à une autre il y a déjà un bon moment, et celle-ci prend son temps, ce qui a créé une petite file d'attente : María et la femme à l'intérieur des toilettes, plus une autre fille qui ne cesse d'ouvrir et fermer la porte depuis le bar, pour vérifier où ça en est. L'autre femme enchaîne les petites gorgées de bière, et à voix haute elle entame la conversation, María ne sait pas si c'est pour l'inclure dans la discussion ou pour remplir le silence parce qu'il l'effraie. De l'extérieur se glissent l'écho de la musique, les voix, des bruits de verre brisé.

— Je préfère la bière au vin, ou même au champagne. Ça me connecte à ce qui m'entoure. Le vin a un charme qui me semble complètement hors de portée, tu vois ? Quant au champagne… Quand je pense au champagne, j'imagine mon père et ses amis dans leurs soirées estivales. Je n'ai rien à voir avec eux. Je préfère la bière.

Elle approche sa bouteille de celle de María et mime un toast.

— C'est moins cher.

— J'adore tes fringues, sérieusement. Je te l'ai déjà dit. Ça vient d'où ? Quel magasin ? Attends, ne me dis pas : tu n'as pas acheté ça ici, n'est-ce pas ? Un voyage. Londres ? Ou alors au Rastro[1], au moins. Tu vas au Rastro ? Moi juste pour acheter des disques et des fanzines.

---

1. Principal marché aux puces de Madrid.

La femme parle si vite que les mots se télescopent. Quel âge a-t-elle ? María s'efforce de l'observer : les rides qui commencent à marquer ses tempes se voient à peine sur la femme. Pourtant, le fuchsia déborde des commissures de ses lèvres, comme pour elle. Trente et quelques, alors, comme elle ? Trente-trois ans déjà, pense María. Combien d'enfants avait eu ma mère à mon âge ? Ses grands frères étaient déjà nés, et elle aussi sans doute, si elle calcule bien. Pas Soledad, Chico non plus. Elle pense à son petit frère, qui doit être rentré du travail depuis quelques heures ; elle se plaît à penser qu'il est peut-être en train de regarder un film. Est-ce qu'il aimerait être là, avec elle ? Il y a longtemps qu'il a cessé de demander s'il peut lui rendre visite.

— Je te fais peur ? Je t'ennuie ? C'est ce que disent mes amis des fois : Leidi, tu parles trop. C'est un avertissement. Comme pour dire : Leidi, tais-toi.

Elle n'arrive pas à savoir si Leidi se moque d'elle, si elle a trop bu pour faire la différence entre ce qu'elle veut dire et ce qu'elle devrait dire, si c'est vraiment ce qu'elle pense – aussi simple que ça – et qu'elle laisse les mots lui échapper. Bien qu'elle ait fini sa bière, elle continue à porter la bouteille vide à sa bouche. Leidi amuse María. Son sac à main, ses bottines, combien coûtent-ils ? Peut-être qu'ils suffiraient pour tirer María de l'embarras ce mois-ci ou un autre, ou pour acheter un beau cadeau pour Carmen. Une robe pour Noël ? Elle a prévu de descendre à Cordoue à ce moment-là. Quelle taille fait-elle ?

Combien mesure sa fille ? Elle pense qu'ainsi elle rachètera sa faute ; elle pense à des cadeaux pour les prochaines vacances, pour Noël, pour l'anniversaire.

— Et la bonne fille est venue toute seule au bar ? Ou avec des amis ?

— Avec des amis.

— Vous faites partie d'un groupe ?

— On s'est rencontrés dans une association de quartier, à Carabanchel. C'est là que je vis depuis que je suis arrivée à Madrid. Je ne viens presque jamais par ici. On peut y suivre des cours, il y a des groupes de cinéma et de théâtre. On discute de nos lectures, des films… On organise des projections avec les cinéclubs des étudiants du quartier. C'est très chouette.

Le c'est très chouette se noie dans les éclats de rire de Leidi ; à la moitié de sa réponse, elle ferme déjà les yeux, exagère son rire forcé. C'est à cause de moi, pense-t-elle ; elle se moque de moi. Ça lui est déjà arrivé d'autres fois. María a appris à feindre la vulnérabilité, la candeur, à demander – la voix douce, les paupières qui se ferment à force de subtilité – qu'on lui répète, qu'on lui explique ce qu'on veut dire, comme si elle ne comprenait pas du premier coup. María l'imbécile, c'était son surnom dans une maison où elle avait fait le ménage un ou deux ans, et où elle prenait une voix aiguë, apprise dans les comédies. C'est comme ça que María s'endurcit face à des gens comme Leidi.

— Tous les gens qui sont là vont t'aider. Tous les gens qui sont là, tous, ils votent tous pour le PSOE. Ils sont de ton côté.

La femme balbutie, pointe l'extérieur d'abord avec le col de sa bouteille, puis avec le doigt : elle fixe un point imaginaire, sans interrompre sa logorrhée. La fille qui attend de l'autre côté de la porte – ouvre, connasse – demande si les toilettes sont toujours occupées, nique tes morts, frappe la porte une ou deux fois – d'abord le poing fermé, puis le pied droit –, je suis en train de me pisser dessus, espèce de salope, et ressort. Une voix depuis l'intérieur des toilettes demande encore un moment, Leidi demande si tout va bien, la voix répond oui, mais encore un moment, encore un moment, à nouveau. Leidi compatit et recule, une autre bouffée d'air. María est rassurée d'être enfermée avec Leidi et la fille silencieuse des toilettes.

— Moi je n'ai pas voté pour le PSOE. J'ai voté pour le Parti communiste.

— Ne le dis pas à mes amis, mais moi aussi. Pour les communistes ! Si mon père savait… On est des perdantes. Tu te rends compte ? On vote pour la gauche qui s'effondre. Ma grand-mère en avait peur, mais moi j'ai de la tendresse pour eux. Tous égaux ! Regarde-nous, toi et moi, et celle des toilettes. Toutes dans le même bar, à la même heure, bourrées. En quoi on se ressemble ? Eh, pisseuse ! En quoi tu me ressembles, toi ?

Pendant que la voix demande une fois de plus encore un moment, Leidi prend María par la main et elles se plantent face au miroir. Un corps de femme avec un autre corps de femme : les mollets fins et musclés de Leidi ne sont pas si différents de ceux de María, un peu plus épais, mais robustes aussi ; María a des cuisses plus prolixes, la taille large, son corps s'affine au niveau de la ceinture. La silhouette de Leidi est plus droite. Si Leidi soulevait sa robe, si María soulevait son chemisier, toutes deux découvriraient des vergetures au tracé identique sur leur ventre, et sur celui de Leidi la cicatrice de la césarienne. La poitrine, minuscule chez l'une – deux boutons qui n'ont presque jamais allaité, avait décrit son ex au moment de la rupture –, abonde chez l'autre. Et les mêmes éléments sur le visage, mais si différents : une bouche, un nez, deux yeux. Leidi les ouvre et María les ferme. Leidi ne cesse de parler : elle parle tout le temps.

— Quand je te demandais si tu faisais partie d'un groupe je parlais de musique. Un groupe de musique : dans ce bar, à cette heure, tout le monde a un groupe de musique. Je ne me moquais pas de toi. Moi je suis actrice, j'ai joué dans quelques films. Danser dans une fête, discuter dans un endroit comme celui-ci. Des trucs du genre. Je suis trop vieille pour avoir un groupe. Mais toi non, par contre. Quel âge tu as, ma bonne fille ? Moi vingt-sept.

— Trente-trois.

— Tu n'avais pas l'air si vieille... T'as une tête de vingt et quelques. Ça y est je t'ai tout dit de moi. À ton tour.

Leidi lui tend la main, María la serre. C'est la deuxième fois en quelques minutes qu'elle sent sa main dans la sienne, et elle pense qu'elle a raison : elles ne se ressemblent en rien. Bientôt, María devra prendre le chemin du retour, essayer de ne pas être écœurée par l'odeur de javel. Elle se reposera ce week-end, peut-être que demain elle appellera chez sa mère pour discuter avec sa fille.

— Tu connais des gens qui travaillent dans des bureaux ? Moi je fais le ménage dans un immeuble de bureaux. Tous les matins, plusieurs heures avant que le premier employé arrive. À sept heures je nettoierai ce qu'ils ont sali hier, pour que lundi personne ne se plaigne des taches sur le sol ou des mégots dans les cendriers. Le vendredi, le samedi : les pires journées.

— Je ne savais pas qu'il y avait des gens comme ça.

— Tu n'imagines pas... Il y a de tout. La dactylo du deuxième étage nous laisse toujours des petits mots : merci, bonne journée, j'ai renversé du café et j'ai essayé de le nettoyer. Mais ce n'est pas courant.

— C'est de toi que je voulais parler. Des gens comme toi. Tu te rends compte ? Je n'avais jamais pensé que quelqu'un vidait les poubelles. Je veux dire : je vous ai vus dans la rue. Mais je n'avais jamais parlé à quelqu'un comme toi.

En bruit de fond on entend uriner la fille des toilettes, un jet fort, continu, et soudain un éternuement qui le ralentit, plus tard la chasse d'eau. La porte s'ouvre sur une fille habillée comme Leidi, avec une robe ultra-courte et scintillante, les cheveux – bruns – couverts de laque, un peu d'ombre noire au-dessus des yeux, des chaînes autour du cou et aux épaules. Leidi réagit ; elle ouvre son sac à main, en sort son porte-monnaie. C'est son tour. Elle cherche un billet et, parmi les cartes et les papiers, une photo d'identité tombe au sol. María se penche pour la ramasser, et elle observe – comme par réflexe – le visage de la petite fille : les mêmes yeux que Leidi, immenses, couleur miel, perdus dans un visage rond. Elle cherche quels traits appartiennent à son père – le menton pointu et le nez retroussé –, et ce qu'elle a hérité d'elle. Elle ne sait pas si c'est la couleur des cheveux, que Leidi a teints ; elle dirait châtain clair, à cause des sourcils ; Si c'est le cas, les cheveux sont aussi raides que ceux de Leidi, deux couettes. Sur la photo, la petite fille feint un sourire, deux rangées de dents bien serrées.

— Regarde, ma douce ! C'est ma fille. Elle a sept ans. J'ai divorcé du père quand la loi est passée. Il en avait autant envie que moi. Maintenant elle est avec ma belle-mère, qui me la garde la nuit de temps en temps. Il faut me comprendre, je dois continuer ma vie, non ? Comme ça je rencontre des gens, et puis, je ne peux jamais savoir à l'avance si un rôle va tomber. Ce truc des mères super aimantes, bon, c'est d'un autre âge. Tant que je suis debout, je dois vivre ma vie. Tu as des enfants, toi ?

— Oui, j'ai une fille.

— Toi aussi, c'est ta belle-mère qui la garde ?

— Non, ma mère. Elle a le même âge que la tienne.

— C'est bien d'être mères jeunes non ? Quand elle aura sa fille, je m'en occuperai pour elle. Je serai une grand-mère moderne. Et toi tu seras la grand-mère de Carabanchel. Regarde la mienne, regarde-la. (La femme embrasse deux fois la photo d'identité, l'approche de María.) Belle et intelligente. Même si elle est toute petite, ça se voit déjà : elle pleure jusqu'à ce qu'on lui donne ce qu'elle veut. Tu as des photos de ta fille ?

— Non. Ici, non. Chez moi oui. Chez moi, bien sûr.

Même sur ça, María et Leidi ne se ressemblent pas. Deux jambes, deux bras, une bouche, un nez, deux yeux, un ventre qui a déjà accouché : elles partagent tout cela, mais pas le mensonge de María sur l'âge de Carmen, pas la façon dont elles rentreront chez elles – un taxi pour Leidi, peut-être la voiture d'un ami, et le bus de nuit pour María –, la hâte avec laquelle María se douchera avant de se mettre en route pour son travail, les conversations que Leidi prolongera jusqu'au lendemain midi. Elles ne partagent pas le salon de la maison, la chambre que Leidi a aménagée pour sa fille, la photographie de Carmen que María n'expose pas dans son appartement, l'âge de Carmen sur lequel María ment à l'inconnue. Elle l'a rangée dans un tiroir quand Pedro est venu lui rendre visite pour la première fois : ils avaient pris l'habitude de bavarder tous les dimanches chez sa cousine, mais ce jour-là María avait évoqué une panne – la machine à laver ou le frigo, aujourd'hui elle ne s'en rappelle plus –, et Pedro avait proposé de jeter un coup d'œil. María avait rangé sa première photographie de Carmen, celle qu'elle avait dans l'appartement de son oncle et sa tante, et celles de toutes les années qui ont suivi : Carmen au bar, portée par Chico dans une caisse de sodas, Carmen dans les bras de Soledad à la fête du quartier. Il y en avait encore d'autres, que

Chico avait encadrées et disposées dans la chambre qu'il partageait avec Carmen, avant qu'elle ne l'occupe seule : elle et María, la mère observant la fille ; de l'extérieur on aurait pu croire à une forme de tendresse, mais de l'intérieur – depuis le ventre couvert de vergetures – elle n'arrivait pas à se détacher de ces deux minuscules yeux sombres, qui lui rappelaient le père. Toutes les photos cachées depuis huit ans dans le dernier tiroir du meuble de la télé. Elle a fini par parler à Pedro de l'existence de Carmen, bien sûr, mais en refusant catégoriquement de lui montrer une image, ou même de décrire ses yeux, un nez, une bouche, deux bras, deux jambes.

— Moi je vais rentrer faire mes petites affaires. Tu veux venir ?

María fait non de la tête et attend que Leidi entre, mette trop de temps, et demande encore un peu de patience, comme la brune silencieuse. Et c'est ce qui se passe : la fille qui attendait ouvre à nouveau la porte, entre, se poste à côté de María et murmure enfin, on peut jamais pisser dans ces bars, je vous en supplie dites-moi comment font vos vessies pour supporter ça parce que moi je ne peux pas passer autant d'heures à enchaîner les bières, pas moyen. María ferme les yeux, cesse d'écouter, et elle serait prête à jurer qu'elle s'est même endormie une minute ou deux. Une main dans son dos la réveille : Leidi la secoue doucement, tout en retouchant son maquillage, et lui annonce que c'est son tour. María fait ses calculs, elle pense que Pedro et elle auraient déjà dû partir depuis un moment. Elle remonte son chemisier en ouvrant la porte des toilettes et avant de baisser ses collants, elle se retourne :

— Tu ne m'as pas demandé, mais je m'appelle María.

— Leidi. Asun, en réalité, mais je trouvais ça trop… trop commun, non ? Tout le monde m'appelle Leidi.

Sur la pointe des pieds pour éviter que la peau entre en contact avec la cuvette, les yeux fermés pour mieux viser, María évacue toutes les bières de la soirée. Elle entend une conversation entre Leidi et la fille qui attend : elles se plaignent de la perte de temps, finissent par se trouver des amis communs. María cherche un mouchoir en papier dans son sac à main, s'essuie. Quand elle sort des toilettes, Leidi est déjà partie, la fille qui attendait attend encore, elle regagne la piste de danse.

— Tu as mis un temps fou, non ?

— Je ne te le fais pas dire, Pedro… Il y avait du monde aux toilettes. On devrait déjà être rentrés.

Avec leurs habits bon marché, leur odeur d'essence et d'ammoniac, d'où sortent-ils, Pedro et ses amis ? Qu'est-ce qu'ils ont cru ? Son regard s'arrête sur le groupe de Leidi, le groupe de la fille silencieuse, les amis de la fille qui attendait. Elle regarde ses camarades à elle, encore plongés dans leur discussion. María ferme les yeux, s'éloigne de quelques mètres pour danser seule, elle a la sensation qu'un des types du premier bar s'approche d'elle, elle recule et prend Pedro par la main. Felipe González prépare la passation des pouvoirs avec Calvo Sotelo, disparition du Conseil de la Révolution portugais, appuyez sur une touche et écrivez toute une lettre : les titres des journaux qu'ils distribueront dans les kiosques dans quelques heures. Elle ne le sait pas, parce qu'elle boit et reboit et remue un peu, parfois en tenant la main de Pedro – immobile –, parfois en le lâchant. Est-ce que les journaux parlent d'elle, yeux, nez, bouche, jambes, bras, le corps marqué d'une mère qu'elle n'est pas ? Est-ce que le pouvoir et la révolution parlent d'elle ? Verre contre verre contre verre, trois mains d'un côté – des poils sur les phalanges, le noir et blanc des ongles, les bracelets de montre usés – et une main de l'autre – les phalanges sans ornement, les ongles bien taillés, un fin bracelet en argent sur le poignet – à la fille du groupe ! Surtout à la fille du groupe ! Tiens María : encore une bière. Pourquoi ? Pourquoi avez-vous commandé une autre tournée ? À quoi on trinque ? Une bouteille vide, deux à moitié pleines, quelqu'un vient d'en demander une autre : si on ne s'en va pas tout de suite, elle n'arrivera jamais à l'heure au boulot, tu ne vas quand même pas me demander d'attendre qu'elle se change, si ma femme se réveille et voit que je ne suis pas rentré elle va me tuer. La frange de glace d'une bouteille sur les doigts des autres. Encore un toast ! Ne pleure pas, María, on s'en va tout de suite, je bois ça vite et on sera à la maison en un rien de temps, pas besoin de te doucher, contente-toi d'attacher tes cheveux et moi je t'emmène au travail, arrête de pleurer, María, s'il te plaît. À nous ! À nous et aux autres ! À la fille du groupe ! Surtout à la fille du groupe !

LE RÊVE

Madrid, 2008

— Depuis que j'ai treize ans, toutes les nuits, je rêve du suicide de mon père. Je sens que je m'endors, et c'est pour ça que je veux te le raconter, parce que demain je vais me réveiller comme ça : j'aurai vu mon père pendu à un arbre. N'aie pas peur : je ne parle pas dans mon sommeil, je ne pleurniche pas quand le réveil sonne sur mon portable ; j'ai fini par m'habituer. Certains hommes me préviennent qu'ils vont ronfler, d'autres disent qu'ils bougent beaucoup ; moi, toutes les nuits, mon père s'écrase avec sa voiture, et il n'arrive pas à mourir, et il finit par se pendre. Je te l'avais déjà raconté, non ? C'est toujours la même histoire : ils disent mon nom, mon âge, peut-être d'où je viens et dans quoi je travaille, si toutefois je travaille, et ensuite ils baissent la voix et disent que mon père s'est tué. Ils miment une douleur impossible, parce qu'ils ne le connaissaient pas, et qu'ils ne savent rien des circonstances, ni des motifs qui l'ont poussé à faire ce qu'il a fait. Ou parce qu'ils sont peinés, c'est pour ça qu'ils parlent à voix basse : parce qu'ils me considèrent comme victime du moment où mon père s'est tué, de tout ce que ça a provoqué par la suite, et tout ce que je peux faire de mal est justifié par sa décision à lui. Pendant des années je me suis sentie parfaitement à l'aise avec ça : le suicide de mon père me donnait carte blanche pour faire tout ce qui me passait par la tête, j'avais l'excuse de la pitié et du chagrin. Mais petite déjà j'aimais être cruelle. On peut même parler de plaisir. Je ne pouvais pas m'en empêcher, je ne peux toujours pas m'en empêcher : ça m'amusait de me moquer de mes camarades plus bêtes ou plus pauvres que moi, c'était quelque chose d'assez facile à l'époque, et je m'en fichais d'être rejetée dans la cour du collège ou que personne ne m'invite à son anniversaire. On t'a dit aussi que je ne suis pas très gentille, non ? Ton amie a dû te prévenir. J'ai une petite sœur. Non, on ne se parle quasiment pas. Je te raconterai plus tard. Eva, elle s'appelle Eva, elle a quatre ans de moins, et elle a toujours été le contraire de moi : exubérante, heureuse quand il fallait passer tout le week-end dans un des restaurants de mon père, trottinant entre les tables et jouant les serveuses. Quand mon père s'est tué, Eva s'est renfermée sur elle-même, elle n'a plus parlé, ou presque, elle dessinait tout le temps ; c'était sa façon de dire ce qu'elle voulait dire, je ne sais pas trop quoi d'ailleurs et ça ne me préoccupe pas plus que ça. Ma mère a été élevée par un oncle et une tante, et j'ai toujours trouvé bizarre que ma sœur ressemble autant à Chico, déjà avant le suicide, après c'est carrément devenu une copie conforme de tante Soledad, – d'ailleurs ce prénom lui va si bien. Eva a toujours fonctionné par imitation : en reproduisant les attitudes qui lui donnaient le plus de sécurité. Je ne sais pas si elle manque de personnalité : c'est ma sœur, mais je ne la connais pas bien. Je ne me suis jamais intéressée à sa vie, ni à l'époque, ni maintenant. Pour te dire, on ne se fréquente presque pas. En ce qui concerne Eva, son changement d'attitude est clairement lié à la mort de mon père, je crois. Pas pour moi. Moi j'étais déjà comme ça.

« Mais revenons au rêve : je te parlais du rêve. Au début, je me réveillais comme dans les films : la nuque en sueur, la conscience d'avoir crié. C'est toujours pareil : la voiture s'écrase contre l'arbre, lui descend en titubant, il fabrique une corde avec les ceintures de sécurité et se pend à l'arbre. Ça va te sembler bizarre, mais j'ai appris à le maîtriser : je ne parle pas du rêve en lui-même, mais de la place et de la fonction que j'y occupe. C'est bizarre parce que les rêves sont censés se dérouler dans le subconscient, dans un lieu sur lequel nous n'avons aucune prise : dans mon rêve ma place change toutes les nuits, parfois je regarde le suicide depuis l'autre côté de la route, d'autres fois depuis le siège passager, parfois même je l'aide à atteindre la corde pour qu'il meure plus vite. Mais la plupart du temps, je suis trop loin pour faire quoi que ce soit. Tu sais ce que c'est, les métaphores ? Oui, une métaphore. Comme une devinette : tu te réfères à quelque chose, tu l'expliques sans la nommer. Un truc du genre. Même si je n'ai aucun intérêt pour la littérature, mon interprétation, c'est que toutes les nuits depuis mes treize ans, je ne fais jamais rien, parce que je n'aurais pas pu le faire changer d'avis. Je me cache entre les arbres : une métaphore.

« Ces dernières semaines il m'est arrivé un truc étrange : mon père ne se montre plus de face. Pas toutes les nuits ; parfois le rêve revient à sa structure initiale. Mais certaines nuits, alors qu'il ne s'est rien passé de spécial la journée, parce que toutes mes journées se ressemblent, je sais que c'est mon père, je reconnais sa silhouette large, son dos, et j'attends qu'il aille installer la corde, mais il ne me montre pas son visage. Et juste avant que je me réveille, quand il finit par se retourner, le visage que je vois, avec le sang sec et les yeux fermés, c'est le mien. Ça ne m'était pas arrivé depuis presque dix ans : une fois, une seule fois, quand j'étais en seconde. La première nuit, non, pas la première nuit, mais la deuxième première nuit, je me suis réveillée épouvantée, en apnée, avec la même sensation que dans les rêves de mes treize ans, à l'époque où ça m'effrayait encore. Je pensais que c'était une invention de mon cerveau, sans plus : comme si de temps en temps il introduisait un nouvel élément dans le rêve, pour que je ne m'ennuie pas, que je ne me relâche pas. Je n'y ai pas prêté attention. Mais ça fait plusieurs fois que je fais ce rêve, pas comme la première fois que ça m'est arrivé, et c'est marrant cette identification, parce que je n'ai jamais reconnu en moi aucun des traits de mon père. Je ressemble plus à la famille de ma mère. Pas à ma mère, à part ces yeux de rat, mais physiquement, à ses oncles, et à ma grand-mère aussi, je suppose, en tout cas c'est ce qu'ils disent. Je ne l'ai jamais vue. Elle a donné naissance à ma mère, elle lui a rendu visite quand elle était petite, une ou deux fois, et puis elle a disparu dans la nature. Je crois qu'elle aussi vit à Madrid.

Le corps de son père se balance, suspendu à une corde, la corde accrochée à une branche ; le corps de son père attend que des inconnus gagnent une histoire à raconter pour les siècles des siècles. Une soirée d'été au bord de la piscine, je ne t'ai jamais raconté le jour où je rentrais avec mes parents d'une des rôtisseries de la montagne, ou bien des années plus tard, dans la salle télé de la maison de retraite, et alors mon mari a décidé de garer la voiture comme il a pu, et de vérifier si c'était un cadavre ou une blague. Sa mère avait décidé qu'Eva était trop petite pour assister aux obsèques, elle était restée chez la tante Soledad ; mais Alicia avait dû s'asseoir au premier rang à l'église, écouter les complaintes de gens qu'elle ne connaissait pas, et qui avaient disparu de leurs vies dès la fin de la messe. Le même été : l'appartement où ils vivaient s'était vendu plus vite que ce qu'ils pensaient, et Alicia n'avait eu aucun mal à mettre sa collection de figurines dans un sac poubelle, même si sa mère lui avait proposé de les ranger dans une caisse en attendant qu'ils arrivent dans l'autre maison. Ces jouets appartenaient à une autre vie ; cela n'avait guère de sens de les conserver.

Alicia avait passé l'été chez l'oncle Chico, allant parfois à la piscine du centre sportif avec Eva et sa tante, alors que les semaines passaient et qu'elle se sentait de mieux en mieux, avalant un film après l'autre sans être dérangée par personne. Dans les films de l'oncle, on voyait toujours des femmes splendides aux longs cheveux blonds, sauvées par des hommes qui fumaient beaucoup ; on voyait aussi des femmes qui avaient gardé leur caractère, et d'autres que la vie n'avait pas très bien traitées. Quand il rentrait du restaurant, Alicia demandait conseil à son oncle sur son choix du lendemain, et il était si enthousiaste qu'ils finissaient par voir les films ensemble. Quand « The End » s'affichait sur l'écran, il lui demandait ce qu'elle en avait pensé, quel était son personnage préféré, si la fin lui avait paru crédible. Cet été-là, le visage de l'oncle Chico s'était creusé, et il était devenu, soudainement, la moitié de l'homme qu'il était.

Toutes les années qui ont suivi, Alicia a essayé de les oublier, et maintenant – en quelque sorte – c'est la voix de sa mémoire qui parle. Elle les interprète comme une grande transition entre la vie antérieure et la vie présente : le purgatoire, l'espace entre le ciel et l'enfer, sans trop savoir où les situer. Après une année de seconde difficile, sa mère avait obtenu qu'elle soit inscrite dans le lycée de son nouveau quartier, celui de son enfance, et dans les couloirs, Alicia avait croisé quelques-uns de ses anciens camarades d'école ; elle avait fait mine de ne pas les connaître. Elle évitait toute référence à sa famille, même si tout le monde savait déjà qui elle était, et s'efforçait surtout d'étudier. La conseillère d'orientation l'avait félicitée : redoubler son CM2 pour finir au lycée avec seize de moyenne partout. Alicia n'aimait pas vraiment l'école, mais c'était une bonne distraction ; comme le cinéma. D'abord l'oncle Chico lui avait prêté sa carte de membre du vidéoclub, et plus tard, Alicia avait appris à télécharger des films. Elle n'adorait, même si elle ne l'avoua jamais, mais c'était une distraction ; lire demandait un effort, alors qu'au cinéma les histoires défilaient devant elle, sans rien exiger. Année après année, elle avait poursuivi sa scolarité sans encombre, elle refusa d'aller en Sciences et préféra les Humanités ; à la fierté de l'oncle Chico, elle choisit la faculté de Communication audiovisuelle. Avec sa ferveur cinéphile, elle n'eut aucun mal à convaincre sa mère, et le cursus lui garantissait de quitter la ville. Alicia trouvait que Séville et Malaga étaient trop près, certaine qu'on l'obligerait à rentrer chez elle tous les week-ends. Elle choisit Madrid. Sa mère pleura ; c'était ce qu'il fallait faire. Toutes ces années, elle avait eu la même attitude : celle qu'on attend d'une mère envers sa fille. Trimestre après trimestre, elle la félicitait pour ses notes, pendant qu'Eva cessait de parler, redoublait, séchait des cours, annonçait qu'elle ne voyait pas l'intérêt de gâcher sa vie au lycée. Sa mère expliqua à Alicia comment se faire respecter quand on est face à un homme, comment éviter de tomber enceinte prématurément

– Alicia devait reconnaître que cette partie était plutôt marrante –, s'inquiétait quand elle la voyait rester à la maison le samedi soir ou refuser de participer au voyage de fin d'année. Elle imaginait sa mère relevant chaque étape sur une liste et cochant les actions à accomplir – « aujourd'hui, me montrer compréhensive », « demain, m'intéresser à ses plans d'avenir » – avant d'aller dormir.

En cela, Alicia lui ressemblait. L'oncle Chico lui racontait, en riant, que Carmen n'avait jamais été particulièrement drôle, mais très intelligente, depuis toute petite, et il racontait l'époque où lui et la tante Soledad partageaient leur chambre avec le berceau, et sa sensation étrange de devenir un homme en même temps que la petite grandissait. Alicia n'a jamais été drôle, mais elle a toujours été intelligente : elle a calculé ce qu'elle devait étudier pour pouvoir fuir, et comment elle pourrait s'en sortir sans l'aide de sa mère. Entre la bourse et son allocation d'orpheline, elle pourrait avoir une chambre dans une résidence d'étudiants, s'alimenter et payer son inscription. Tout compte fait, Alicia avait réussi à rétablir l'ordre : ramener sa vie dans le cours dont on l'avait déviée. Elle n'aurait pas trop de mal à récupérer son dû. Dans quelques années, elle aurait son diplôme, et ensuite, elle trouverait un bon travail, se paierait une maison à elle, s'offrirait de bonnes vacances, peut-être même qu'elle enverrait un peu d'argent à sa famille.

Ce ne fut pas le cas. Alicia emménagea dans un appartement avec deux autres filles du lycée, sans enthousiasme, parce que leurs mères cherchaient une troisième jeune fille, et qu'elles avaient conclu l'affaire avec Carmen. Elle n'avait pas le choix, tout coûtait le double de ce qu'elle avait calculé, et bientôt, en plus de son coup de fil hebdomadaire à sa mère, elle dut appeler l'oncle Chico pour lui demander de l'argent, et s'inventer des besoins en matériel pour des travaux pratiques inexistants. Les cours l'ennuyaient, elle n'arrivait pas à s'intégrer : l'enthousiasme général l'expulsait des conversations. Filles et garçons, elle trouvait ridicule leur manière de parler de films, alors qu'ils n'avaient pas les moyens de se payer une école de ciné, ni le talent pour avoir le concours d'entrée. Alicia apprit qu'on l'avait taxée de « cynique » – elle devrait l'admettre à nouveau, le mot était savoureux – parce qu'elle expliquait qu'elle voulait juste gagner de l'argent, et que l'art n'avait guère d'importance. Elle cessa d'aller en cours : pas du jour au lendemain, mais en manquant une matière ici ou là, en séchant les examens ou en accumulant tellement d'absences qu'elle ne fut plus autorisée à se présenter. Elle songea à s'inscrire dans un autre cursus pour passer des concours plus tard, le droit peut-être, ou l'enseignement. Langue et littérature ? Elle était bonne pour analyser les phrases – tout ce qui touchait au langage, c'est curieux de voir à quel point les mots affectent les autres – et lire n'était pas si compliqué. Mais en attendant, elle devait subvenir à ses besoins, alors elle chercha ses premiers petits boulots : débarrasser des tables dans une cafétéria d'Argüelles pendant quelques heures, puis un temps plein derrière le comptoir. Six mois passèrent ainsi. Elle décida de chercher une autre colocation dans laquelle personne n'irait raconter ses tergiversations au téléphone dans une maison située à quelques mètres de celle de sa mère. Elle n'aimait pas particulièrement son travail – qui aimerait rester debout à servir des cafés à la chaîne, en surveillant les tables susceptibles de partir sans payer et celles où il fallait rendre la bonne quantité de monnaie ? Mais elle avait un salaire, elle n'avait pas besoin de réfléchir. Elle cessa de demander de l'argent à l'oncle

Chico. Elle l'appelait parfois, toutes les deux ou trois semaines ; quant aux conversations avec sa mère, elle les transforma en mails à Eva, pour qu'elles puissent les lire toutes les deux. Personne n'émit d'objection.

Toutes ces années, Alicia a parcouru la ligne verte du métro, en direction du sud, dépassant le fleuve, à mesure qu'elle changeait de travail : la cafétéria, une boutique de vêtements, *Puerta de Toledo*, *Pirámides*, une autre cafétéria, une salle de bingo, *Marqués de Vadillo*, plusieurs mois de chômage, *Aluche*, une entreprise de nettoyage, *Urgel*, un supermarché, *Eugenia de Montijo*. L'uniforme lui va bien et pour la première fois de sa vie, elle vit seule : un petit appartement qu'elle loue à une collègue de travail. La mère est morte là, dans la cuisine, en faisant la vaisselle, et moins d'une semaine plus tard Alicia rangeait ses affaires dans son armoire, prenait son petit-déjeuner à un mètre ou deux du lieu où sa main, peut-être, s'était serrée contre sa poitrine, cherchant à relancer le cœur. Elle aime bien le quartier, et pour parer à toute éventualité elle économise au maximum : attentive aux promotions à l'approche des dates de péremption, pour acheter avant tout le monde. Elle rentabilise l'eau du robinet : un demi verre au micro-ondes pour réchauffer le riz sans qu'il soit trop sec, les spaghettis mis à tremper une demi-heure avant la cuisson pour qu'on ne sente pas que ce sont les moins chers. Alicia n'apprécie pas sa vie, mais sa vie la distrait.

— Pour mon père ? Au début, on nous a dit que c'était un accident de la circulation. Plus tard, un peu plus tard, je me suis aperçue c'était la version qui circulait dans le quartier, et d'après ce que j'ai compris mon oncle ou ma mère, je ne m'en souviens plus, ont tiré profit des rumeurs : ils nous ont dit que mon père était parti dans la montagne pour visiter une des rôtisseries, parce qu'il voulait l'acheter, et qu'en redescendant il avait raté un virage et avait percuté un arbre de plein fouet. Mon père avait plusieurs restaurants. Il avait commencé en travaillant comme serveur avec mon oncle Chico, qui n'est pas mon oncle, mais l'oncle de ma mère, et qui d'ailleurs, plus qu'un oncle, est un étrange mélange de père et de mère pour moi. Quand elle était adolescente, ma mère venait souvent le voir, elle passait le chercher quand elle revenait de son travail au centre-ville, et ils rentraient ensemble à la maison. Mon père était un peu plus vieux qu'elle, pas de beaucoup, cinq ou six ans, et ma mère est tombée enceinte très vite, plus jeune encore que ma grand-mère à son époque, alors on s'est dépêché de la marier. Quand je suis née, ils se sont installés avec mon oncle Chico ; il avait un petit appartement dans le quartier, où il vit toujours, avec une chambre rien que pour ses films, parce qu'il adore le cinéma. Les grands-parents n'ont pas supporté que l'histoire de leur fille se répète avec ma mère, et ils se sont totalement désintéressés de l'affaire ; mes autres grands-parents, du côté de mon père, logeaient déjà une de mes tantes avec son mari et ses enfants, ils n'avaient pas de place. Pendant que mes parents cherchaient un endroit où vivre, pour économiser un peu, l'oncle Chico leur céda sa chambre, et il se réfugia dans la chambre des films, sur un lit de camp où j'ai ensuite dormi des tas de fois. Je parle beaucoup de lui parce qu'il a vraiment été important. C'est lui qui a choisi le prénom de ma sœur. Moi je m'appelle Alicia. C'est mon père qui l'a décidé.

« Mon père a pris au sérieux son nouveau rôle de chef de famille, et il a réussi à entrer comme serveur dans un restaurant où il gagnait plus et je ne le voyais plus, parce que quand il rentrait à la maison je dormais déjà depuis plusieurs heures. En réalité, je ne m'en rappelle presque plus. J'ai complété l'histoire avec les récits d'oncle Chico, avec ses conversations avec ma mère, avec tante Soledad ; ce que dit ma mère, ce que disait ma mère m'a toujours semblé plus proche du mensonge que de la vérité. Ma mère est très intelligente, belle je ne sais pas, je suppose que oui, à l'adolescence, aujourd'hui aucune idée, ça fait des années qu'on ne s'est pas vues. Je te raconterai. Ils ont d'abord acheté un appartement dans le quartier, puis mon père a monté son premier restaurant, et il a embarqué avec lui l'oncle Chico. Ça a bien marché, et quand Eva est née, mes parents ont acheté un autre appartement, dans un quartier un peu plus cossu de la ville, plus près du centre. En dix ans, mon père a ouvert quatre restaurants, toujours dans des quartiers proches du nôtre : El Rincón de Carmen 1, 2, 3, et 4, même si Carmen, ma mère, ne mettait jamais les pieds dans ces fameux *rincones* censés lui appartenir. Quand mon père s'est tué, il venait d'inaugurer le cinquième, dans le centre, et d'acheter un autre appartement dans une résidence neuve avec piscine, près de l'école où nous étions censées aller l'année suivante. On ne pouvait pas dire qu'ils s'en étaient mal tirés, c'était même tout le contraire : oncle Chico avait appris à marcher avant que l'électricité arrive dans le quartier, et quand mon père était né il n'y avait même pas de tout-à-l'égout. C'est de là qu'ils venaient, ils s'en étaient sortis, et ils achetaient des restaurants et des appartements de plus en plus grands, dans des quartiers de plus en plus chics : ils n'avaient pas pu poursuivre leurs études, mais ils nous avaient inscrites dans une école privée, et à l'école nous partagerions nos pupitres avec des gens du même rang. Ma mère refusait de croiser les voisines au supermarché du coin, elle faisait les courses au Corte Inglés et les ramenait en voiture ; idem pour les vêtements, les appareils électro-domestiques, le tout à coups de carte de crédit. Eva ne se rendait compte de rien et profitait de la vie en dansant aux récréations, et moi d'une certaine façon j'imitais le mépris de ma mère, avec fierté : en classe j'étais consciente d'être meilleure que les filles qui m'entouraient. J'ai redoublé mon CM2 parce que je pensais que je n'avais pas besoin de bonnes notes pour avoir une meilleure vie qu'elles, avec leurs vêtements moches et bon marché, le même sweat pour tous les cours d'éducation physique, les pièces aux genoux sur les jeans de tous les jours. Ce que je voulais devenir à l'époque ? Je ne sais pas trop. Si tout ça n'était pas arrivé, je suppose que j'aurais fait Gestion d'entreprise et que mon père m'aurait donné un bureau à côté du sien, que quelques années plus tard je me serais mariée avec un camarade de fac, et que j'aurais arrêté de travailler ou que je me serais pointée une à deux fois par semaine au bureau. La réalité, c'est que mon père s'est tué : c'est un rêve qui me le rappelle toutes les nuits de ma vie, comme une alarme qui me secoue, pour que j'assume la vie que j'ai perdue, pour que j'assume aussi la vie que j'ai aujourd'hui.

Quand sa collègue le lui avait présenté, elle n'avait pas perçu la première syllabe de son prénom : elle s'était contentée, tout au plus, de l'accent final. Alicia trouva son allure désagréable : trop grand, le nez aquilin et les yeux exorbités. Elle ne fut guère plus intéressée par sa conversation : le week-end, il fait du vélo, il s'est inscrit dans un club de cyclisme juste après le lycée – il ne cessait de célébrer les levers aux aurores et les kilomètres parcourus. Les côtes, le cadre du vélo, pendant combien de temps lui a-t-il parlé de ça ? Quinze minutes, une heure : Alicia sait très bien faire mine d'entendre sans écouter, prendre un air profondément intéressé, et penser à la chance qu'il a de ne pas travailler le lendemain. Il vit à Canillejas, d'après ce qu'elle a compris – et maintenant qu'elle est dans son appartement, ça se confirme –, et il lui a demandé où elle vit, elle : Alicia ment, presque toujours, elle invente un nom, un travail et un quartier, mais il connaît sa collègue – c'est l'anniversaire de Rocío – et il s'en apercevrait vite. À l'autre bout de la ligne de métro, lui dit-elle, à la station Eugenia de Montijo, un signe du destin pour lui, une blague pas drôle pour elle. Il a acheté l'appartement il y a un ou deux ans pour se marier avec sa fiancée de l'époque, mais elle l'a quitté et il vit seul désormais. Il est entré dans cette boucle qui met Alicia mal à l'aise – le concert de louanges pour la fille dont il tombe amoureux, la stupéfaction de la rupture, la rancœur un peu grossière pour la femme qui l'a quitté –, et elle s'aperçoit qu'à plusieurs reprises il a dit « fiancée » plutôt qu'« ex-fiancée », comme si la fille s'était enfuie il y a quinze jours, et pas un an. Elle chercha à croiser le regard d'une de ses collègues de travail, pour aller bavarder avec elles et le laisser seul, mais aucune ne lui prêta attention.

Alors Alicia s'efforça d'imaginer son corps nu – le ventre gonflé par la bière, les marques de bronzage sur les mollets – et elle en fut horrifiée : elle sentit un frisson de pur dégoût lui courir tout le long de l'échine. Il le remarqua ; il la vit fermer les yeux et contracter les épaules, et lui demanda si elle avait froid, si elle voulait sa veste. Alicia doit reconnaître qu'à partir de ce moment-là – pas celui des galanteries de pacotille, mais une fois qu'elle l'avait imaginé nu – tout changea : la voix lui sembla plus agréable, elle observa la finesse de sa lèvre supérieure, la lèvre inférieure qui débordait, et elle pensa que s'il décidait de l'embrasser elle ne reculerait pas. Elle revint à la conversation : il lui posait des questions sur le supermarché, et elle répondait que les horaires étaient raisonnables, qu'il y avait une bonne ambiance dans l'équipe. Il ne répondit pas : peut-être attendait-il qu'Alicia ajoute quelque chose, ou qu'après sa tirade – la passion pour le cyclisme, la séparation, la vie passionnante d'un homme célibataire de trente ans et quelques – elle lui fournisse elle aussi des informations sur son compte. Elle se dit : Alicia, si tu veux obtenir quelque chose, tu dois offrir quelque chose. Allons-y.

— Tu aimes le ciné ?

— Ben, pas beaucoup. Je ne suis pas très intellectuel.

— Il y a des films qui ne sont pas pour les intellos...

— Mais toi non plus tu n'as pas l'air de l'être, hein.

— Pourquoi ? Parce que je travaille dans un supermarché ?

Il s'avança vers elle. Un pas minuscule, qui réduisit la distance entre les parties supérieures des deux corps. Alicia fut sur le point de se repentir, de profiter du dernier métro, mais penser à ce qui arriverait après l'amusait, ce corps qu'elle imaginait ridicule sur son vélo. Il avait sûrement chez lui des photos avec ses camarades du club de cyclisme. Que devrait-elle donner pour qu'il les montre ? Elle pensa qu'en entrant chez lui, quand il lui proposerait de boire quelque chose, elle pourrait peut-être lui poser la question. Tu n'as jamais gagné de course ? Une coupe, une médaille ? Peut-être une photo de groupe ? Je n'ai jamais connu personne qui fasse partie d'un club de cyclisme. Il avait parlé à Alicia de ses camarades et de leurs surnoms absurdes, et elle ne pouvait pas s'empêcher de penser à ces corps engoncés dans leurs *cuissards**[1], à la fermeture du maillot remontée à grand peine. Combien avait coûté son équipement ? Son ex-fiancée lui en avait-elle offert un neuf, pour le dernier anniversaire fêté ensemble ? Alicia répondit oui, sans savoir à quelle question : il s'approcha un peu plus et elle sentit que non, devant tout le monde elle avait honte. Il lui proposa un taxi et ils sortirent du bar ensemble. Au coin de la rue, il l'embrassa.

Alicia avait découvert le sexe en s'éloignant de chez elle. Pendant toutes ses années de lycée elle n'avait jamais embrassé personne ; elle détestait les femmes et les garçons qu'elle connaissait ne lui plaisaient pas. Certes, elle devait bien avoir éprouvé un minimum de désir pour un camarade de classe, toujours ceux qu'elle n'oserait jamais avouer à l'amie qu'elle n'avait d'ailleurs pas : Miguelín, qui bégayait, ou Juan Antonio López, à ne pas confondre avec Juan Antonio Pérez, l'un jouait au basket et l'autre – López – ne dissimulait pas son eczéma. Des années d'orthophoniste eurent raison du bégaiement de Miguelín, et elle se méfiait de la fierté de López à exhiber ses marques, ce qui finit par éteindre tout intérêt chez elle. Alicia s'aperçut vite que les physiques qui l'attiraient en théorie dépassaient ses capacités en pratique : le jeune homme de vingt ans en chaise roulante qui déjeunait tous les dimanches avec ses parents et ses frères et sœurs au restaurant, et à qui on avait coupé les jambes en dessous des genoux, le garçon de la classe d'à côté avec sa main gauche à syndactilie complexe : elle les observait, mais sans jamais arriver à s'imaginer nue avec eux dans la même pièce, la jambe qui débouche sur un moignon plutôt qu'un pied, la nageoire qui tente d'envelopper

1. En français dans le texte.

un sein. Dans les films elle contemplait les scènes de sexe avec une distance toute scientifique, pour comprendre ce qui se passait, et elle n'avait jamais essayé de se masturber. Le plaisir ne l'intéressait pas, en tout cas pas le plaisir offert par le corps.

Alicia connaissait Diego de vue, parce qu'ils avaient quelques matières en commun ; elle ne sut jamais quel âge il avait, simplement qu'il avait réussi à s'inscrire à la fac après avoir fait un tas de petits boulots pendant des années, et qu'à cause de ses horaires de travail il ne pouvait fréquenter qu'un ou deux cours. Quand il intervenait en classe, on remarquait tout de suite la pauvreté de son vocabulaire, la maladresse de ses argumentations : il ne cherchait pas à imposer son opinion, ni à faire preuve de maturité, mais simplement à justifier sa présence, pour ne pas se sentir comme un intrus et se rapprocher des autres élèves. Il parvint vite à se faire deux ou trois amis à qui il payait des bières, en citant des réalisateurs par leurs prénoms, à voix basse, comme pour garder un secret. Alicia éprouvait pour Diego un mélange de mépris et de pitié.

Quand Diego levait la main – ses cahiers et ses notes étalés devant lui, au deuxième rang – Alicia remarquait que son cœur battait de plus en plus vite. Elle se délectait du ton sur lequel la professeure d'histoire du cinéma répondait à Diego, agacée par ses commentaires à l'emporte-pièce ; elle attendait avec impatience le vendredi après-midi, quand Diego se faisait humilier à chaque nouvelle interruption. Pendant que la prof démontait point par point ses réflexions, Alicia fixait ses cheveux qui se raréfiaient près de la calvitie, le tissu élimé de sa chemise à carreaux. Un jour, dans le métro, en allant en cours, elle se surprit à réfléchir à une tactique pour l'approcher. Se joindre au groupe avec lequel il se retrouvait tous les vendredis, après les cours ? Trop ennuyeux, trop de gens, pas assez d'intimité. Lui faire des compliments : ça, ça fonctionnerait. Pendant plusieurs semaines, Alicia releva les références qu'il citait : des noms de réalisateurs sur lesquels elle cherchait des informations, et dont elle découvrit qu'ils n'étaient pas aussi obscurs que ce qu'il faisait croire ; grâce à son oncle, elle connaissait beaucoup de leurs films. Diego lisait Carver et écoutait Springsteen, et Alicia se mit à lire Carver – elle emprunta un de ses livres à la bibliothèque – et à écouter Springsteen.

Une ou deux conversations lui suffirent – excuse-moi, comment tu disais qu'il s'appelait, ce réalisateur de Brooklyn qui est aussi écrivain ?, la première fois, et la semaine suivante, avec de grands yeux, J'ai vu le film que tu m'as conseillé, j'ai adoré, – pour que Diego préfère aller boire un verre avec elle plutôt que de rester avec les garçons du groupe de ciné. Alicia prenait note de la moindre de ses paroles face à sa bière, pour pouvoir les réutiliser au cours des futurs rendez-vous : ses goûts – le ciné, par-dessus tout –, ses rêves – vivre à New York, réaliser un film –, le déballage maladroit de son savoir – il lui raconta tout sur des filmographies qu'elle connaissait déjà par cœur –, quelques allusions à des filles pour lui montrer que cette petite mise en scène était plus banale qu'exceptionnelle. Diego ne lui avoua jamais en quoi consistait son travail, mais il lui dit qu'il vivait dans un appartement qui avait appartenu à sa mère, rentrée au village depuis des années. Puis, il se conforma à ce qu'on attendait de lui : à la troisième bière il l'embrassa, et Alicia sentit sa langue qui entrait dans sa bouche, avec des restes de tortilla, de chorizo et de pain mouillé, mais elle ne fut pas dégoûtée, elle avait la sensation qu'il la nourrissait comme un petit oiseau. Il l'emmena chez lui en moto

– en lui prêtant son casque – et ils firent l'amour sur le sofa en skaï marron, au-dessus des tapis en crochet. Alicia ne saigna pas. Il mit à peine cinq minutes à jouir ; elle le calcula en regardant l'horloge du lecteur DVD. Il devait se lever à l'aube, et lui proposa de la ramener chez elle : c'était ce qu'il fallait faire. En lui disant au revoir, il l'embrassa dans le cou. Alicia ne revint jamais au cours d'histoire du cinéma, ni à ceux de théorie de la communication, mais elle avait découvert où trouver le plaisir.

Avec combien d'hommes comme Diego a-t-elle couché pendant toutes ces années ? Nuit après nuit : les amis de ses collègues de travail, quelques collègues de travail aussi ; des inconnus qu'elle croisait dans le bar en bas de chez elle, ou en sortant du métro. Les divorcés de quarante ans et quelques l'amusaient, trop jeunes pour supporter la solitude, morts de honte à l'idée de se déshabiller devant une inconnue. En flirtant avec eux – toujours de la même manière : elle jouait les timides, leur confiait les rênes, les autorisait à se sentir puissants –, elle pensait à la façon qu'ils auraient de s'excuser s'ils n'arrivaient pas à bander, s'ils éjaculaient avant de commencer. Si elle pouvait, elle ne restait pas dormir, elle rentrait chez elle, se douchait, mangeait quelque chose de léger, regardait la télé un moment et s'allongeait dans son lit. Dès qu'elle fermait les yeux, comme toutes les nuits, Alicia voyait apparaître le corps boiteux de son père.

— Au début, ils nous ont dit que ç'avait été un accident de voiture, mais deux semaines plus tard à peine, j'ai entendu une conversation entre ma mère et mon oncle. Les condoléances des premiers jours ont vite laissé la place aux réclamations des créanciers : le directeur d'une agence voulait savoir comment nous allions payer le nouvel appartement, le directeur d'une autre agence demandait des nouvelles du prêt pour les travaux du restaurant du centre, le grossiste en viande se plaignait de ce qu'il n'avait pas d'interlocuteur fiable au sein des restaurants, les usuriers s'excitaient. Les affaires de mon père avaient pris de l'ampleur dette après dette, avec l'argent des banques et quelques faveurs, et notre niveau de vie avait augmenté. Les appartements, les voyages, les téléviseurs n'étaient pas payés par le menu du jour ou par l'ambiance familiale, mais par la logique financière tordue de mon père, convaincu que la faillite du nouveau commerce pourrait occulter celle du commerce antérieur. Quand plus aucune banque n'a voulu lui accorder de prêt et que les créanciers ont commencé à réclamer leur argent, mon père a eu la brillante idée de faire une sortie de route et de simuler une mort accidentelle ; il pensait que tout se règlerait avec l'assurance-vie. Mais il n'a pas réussi à se tuer du premier coup, et, capable de rater jusqu'à sa mort, il a décidé de se pendre.

« C'est ma mère qui parlait, oncle Chico l'écoutait. Elle lui expliquait tout : le chaos des livres de comptes, les avertissements d'abord au téléphone, puis chez nous, alors que la tante Soledad nous emmenait à la piscine, Eva et moi, la maladresse de mon père. J'étais choquée par sa façon de parler de lui, des insultes pour un type enterré il y a moins de quinze jours : pour ma mère, mon père était un inutile, un imbécile, un pauvre diable qui nous avait mises sur la paille, incapable de régler ses problèmes ; j'ai été étonnée de voir à quel point elle faisait abstraction de la situation, ses problèmes, à lui, un étranger pendu à un arbre. Mon oncle l'interrompait, parfois, et lui demandait d'être un peu moins dure, d'essayer de le comprendre, mais ma mère haussait la voix, utilisait des mots qui me faisaient de plus en plus mal. C'est comme ça que j'ai compris, comme ça que je l'ai raconté à Eva avant de venir à Madrid, quand j'ai passé mon bac. Petit à petit je suis allée récupérer mes affaires, le peu que j'avais, et j'ai passé ce qui restait de l'été chez oncle Chico. J'ai trouvé ça marrant. Passer mes derniers jours dans la maison où j'avais vécu les premiers jours de ma vie.

« Il faut bien reconnaître que ma mère a tout arrangé rapidement et proprement. Elle a assumé sa défaite, elle est revenue à la case départ. C'est la seule chose que j'admire chez elle : la dignité avec laquelle elle s'est débarrassée de son costume de parvenue. Elle a vendu le nouvel appartement, et celui dans lequel nous vivions. Nous nous sommes réparties entre l'oncle et la tante, les deux seuls membres de la famille avec qui nous entretenions des relations – nous n'avions aucune nouvelle des frères aînés de ma grand-mère –, jusqu'à ce que les locataires du petit appartement le libèrent. Nous sommes revenues dans le quartier, le vrai quartier : celui des pauvres. Les restaurants ont été fermés, les appartements vendus, ainsi qu'un local, presque toutes les dettes ont été liquidées, et le reste a été payé petit à petit ; quand je suis partie de la maison, on devait encore de l'argent à plusieurs banques. Mon oncle a gardé le restaurant du quartier. Et c'est comme ça que ma mère, Eva et moi sommes revenues dans la vie à laquelle nous avions voulu échapper. Fin de l'histoire.

« Je ne te raconte pas tout ça pour que tu aies pitié, ni pour te faire un tableau romantique de ce que je suis : une gosse de riches qui un jour s'est réveillée pauvre. Tout ce qui est sentimental, ça ne m'intéresse pas. Mon père me manque, mais aussi quelque chose que je n'ai jamais vécu, et à quoi j'aurais dû avoir droit : ne pas avoir à travailler, ouvrir le frigo et le trouver plein, passer des vacances dans des endroits que les gens que je croise ne pourraient pas se payer. Ce qui me manque ce n'est pas mon père, ni cette vie-là, mais l'image que j'avais de mon père, et tout ce que je n'ai pas pu vivre à cause de sa mort. Ce qui me manque, c'est cet homme à qui tout réussit, dont on parlait dans les journaux, que ses employés admiraient parce qu'il payait généreusement les heures supplémentaires, qui laissait des pourboires même dans la papeterie où il nous achetait nos manuels scolaires. Je suis jalouse de ceux pour qui tout roule, et je me réconforte avec ceux pour qui tout va mal, parce qu'ils me font sentir moins seule. Je ne veux pas de pitié parce que je ne la mérite pas. Je ne veux pas de ta pitié, parce que je ne sais pas d'où tu sors : je ne connais pas ton histoire, et si tu veux tu peux me la raconter, je t'écoute ; en réalité j'aimerais quitter ta maison tout de suite, mais pour rentrer chez moi je dois prendre plusieurs bus de nuit, le métro ne va pas ouvrir avant un moment, et je n'ai pas assez d'argent pour un taxi. Je suis coincée ici, avec toi. Regarde : encore une métaphore. Le restaurant de l'oncle Chico ? Oui, il est encore ouvert. Ma mère travaille en cuisine, et je crois que ma sœur aussi a intégré l'équipe il y a un bon moment déjà, pour aider. L'oncle doit encore bosser quinze ou vingt ans avant d'avoir droit à la retraite, et je suppose qu'à ce moment-là l'une d'elles prendra le relais. Lui, il aurait bien voulu être professeur, aller aux cours du soir et faire des études, mais il a décidé d'assumer le poids de la famille. Personne ne lui a rien demandé. J'espère qu'à ce moment-là il aura du temps, et qu'on le laissera se reposer. Non, on n'a jamais changé le nom… Il s'appelle toujours El Rincón de Carmen. À quoi tu t'attendais, à du cinéma, à un happy end ? La vie, c'est autre chose.

L'ABONDANCE

Madrid, 1984

Du mardi au samedi, le réveil sonne à cinq heures et demie du matin ; le lundi on lui accorde un délai de trente, quarante minutes, parce que pendant le week-end elle et Teresa se sont escrimées à vider les corbeilles à papier et aérer les bureaux. De temps en temps, si la météo est favorable – s'il ne pleut pas, si le froid est encore supportable –, même si ça lui coûte un billet de plus, elle part un peu plus tôt pour prendre le bus : en changeant de ligne à Atocha, elle voit défiler toutes les villes qui coexistent dans la même ville. Des poupées russes : plus que des quartiers, une ville emboîtée dans une ville emboîtée dans une ville, des rues et des maisons dans le ventre d'une baleine. María pense à son quartier, aux bâtiments plus anciens, et elle pense aussi aux nouveaux immeubles de trois ou quatre étages, aux façades identiques, de brique rouge, avec des stores imprimés, qui montent vers le ciel dès qu'on traverse le fleuve, et que le bus se dirige vers la gare. Elle pense aux premières réunions de l'association auxquelles Pedro l'a conviée, quand ses amis et les autres estimaient qu'il était temps que le quartier devienne respectable ; « qu'il se dignifie », insistaient-ils. Qu'est-ce que c'est que cet environnement, demandaient-ils, la prison, les bidonvilles, les terrains vagues ; alors pour la première fois, María avait pensé à la forme des rues où elle vivait. De l'autre côté du fleuve Manzanares, en direction du centre, les bâtiments deviennent plus raffinés, passé et futur alternent. Elle pense à ses premières semaines à Madrid, quand le métro la laissait à Oporto et qu'elle marchait jusqu'à l'appartement de son oncle et sa tante, et elle pense aussi aux moments où elle s'est perdue, à cette fois où elle avait eu tant de mal à retrouver son chemin, un jour où elle était descendue à Alfonso XIII. Maintenant, elle travaille à Nuevos Ministerios, si le temps est mauvais, le métro est direct. Comme il n'y a pas d'autre paysage que la tête des autres passagers, elle en profite pour lire : Laura, la fille de Conchita, lui prête beaucoup de livres et l'encourage à rejoindre des groupes de parole sur des thèmes qui les intéressent, elle, Loli et Conchita. Avec ma mère j'ai essayé, lui dit Laura, mais il n'y a pas moyen. Avec María non plus : elle panique à l'idée qu'on pourrait la trouver intrusive, ou pire encore, qu'on se moque de son ignorance. Comme si dès sa première intervention quelqu'un allait deviner qui elle est, d'où elle vient, combien elle gagne, et dire à tout le monde que son opinion ne vaut pas grand-chose. La plupart des livres que Laura lui prête, elle en a entendu parler à la radio, ou dans un journal quelconque ; chaque fois que Laura appelle pour annoncer qu'elle lui rendra visite le lendemain soir, María éprouve des sentiments contradictoires. Elle est reconnaissante – Laura pourrait rester à la bibliothèque ou prendre un verre avec ses camarades au lieu de venir chez elle –, mais elle a la sensation de faire office de rat de laboratoire : María, la mère célibataire sans fille, la femme de ménage à la conscience inquiète, éduquée par Laura, fille de Domingo et Conchita, maçon et femme au foyer, première de sa famille à mettre les pieds à l'université. Elle ne savait pas si elle inspirait de la pitié à Laura, ou si c'était pour elle une façon d'avoir bonne conscience : chaque nouvelle bourse, chaque bonne note, l'éloignaient un peu plus du quartier. Peut-être qu'en lui rendant visite elle cherchait à garder un ancrage, dans le lieu qui était le sien, dont elle s'échappait à regret, ou à ce que María la rattrape par la cheville, pour l'empêcher de s'envoler. Quelle jolie fable.

Avec sa collègue Teresa elles se répartissent les étages, et María inspecte les bureaux avant que les chefs arrivent pour pointer ; plus tard – quand on allume les machines à écrire, qu'on lance les réunions, avec le bulletin d'information en fond sonore – elles s'occupent des parties communes. Elle aime bien travailler avec Teresa, elles parviennent à discuter sans se mêler de la vie de l'autre : parfois elle fait allusion à Pedro, aux conversations avec son frère Chico, elle s'efforce de ne pas nommer Carmen ; elle sait que Teresa est née dans un village non loin de Grenade, qu'elle vit à Colmenar et qu'en février elle va se marier pour la deuxième fois, bien que ça lui semble un mois horrible pour faire ça. Par ailleurs, María aime bien travailler. Quand le métro quitte la station Sáinz de Baranda ou Conde de Casal, elle entend des femmes se plaindre de l'odeur de détergent, des crevasses aux mains ; ça les fait souffrir, mais María est assez fière de ce qu'elle fait. Avec le temps, elle a appris à connaître sa fonction : remettre en état ce que d'autres ont sali. Elle aime bien effacer les taches sur le sol, que les fenêtres laissent passer plus de lumière. Elle se sent utile, elle sait qu'elle fait ça bien. Elle aime penser que ses mains rendent ça possible, elle aime répéter la même mécanique, se vider l'esprit tandis qu'elle passe de box en box ; parfois elle observe l'écume qui se forme à la surface de l'eau, ou la traînée presque imperceptible de la javel qui se dissout. Si on la remercie, elle apprécie, même si elle se sait invisible pour la plupart. Qui irait observer ce corps de femme qui prend de l'épaisseur, tous les ans, deux bras et deux jambes et un visage, gommés par l'uniforme ? Elle n'a pas besoin des autres pour se sentir bien avec ce qu'elle fait. Parfois, l'après-midi, l'entreprise l'appelle pour lui proposer un deuxième tour, pour un remplacement, ou la prendre à l'essai pour un nouveau client ; elle accepte systématiquement, parce que toute seule elle a du mal à payer son loyer, la nourriture, le reste des factures, et économiser un peu. Elle envoie de moins en moins d'argent pour Carmen ; sa mère, qui n'arrive pas à joindre les deux bouts avec sa pension de veuve, le lui reproche, et elle suppose que Chico – ses cheveux de plus en plus bruns, il fait deux têtes de plus qu'elle maintenant – l'aide autant qu'il peut, en plus de sa part des frais. Si ce n'est pas le cas, si elle n'a pas à se rendre dans des bureaux à la station García Noblejas, elle a ses habitudes : elle retrouve Loli et Conchita, ou accompagne Pedro aux réunions de l'association, et si le cœur lui en dit, elle se joint à eux pour boire un coup après. Les amis se sont habitués à sa présence, et Alfonso encourage son épouse à les rejoindre, de temps en temps. Jusque-là, María s'était tenue coite ; avec cette autre femme en plus, elle joue le rôle qu'on attend d'elle : anecdotes autour de la maternité et de l'éducation, recettes de cuisine et astuces beauté. Le samedi soir elle se le réserve, elle va se promener dans le centre, ou se contente de rester chez elle, à lire. Le dimanche, elle déjeune avec Pedro, chez elle ou avec sa cousine et son mari, parfois même chez Pedro, avec sa mère et son frère ; mais c'est une atmosphère qui l'oppresse, elle préfère éviter. Après manger ils font l'amour, puis ils regardent la télé ou ils parlent un moment – il reprend souvent les sujets des réunions, pour que María lui donne son point de vue – et il repart assez tôt pour aller préparer le dîner. Ils n'ont jamais eu l'idée de changer leurs habitudes : María sait que Pedro, après s'être occupé de son père, doit prendre en charge sa mère, qui lui a survécu, et son frère, plus jeune, et elle sait aussi qu'elle n'a aucune intention de l'aider, chacun vit dans son appartement, et ils essaient de se voir au moins une fois par semaine. Plusieurs de leurs amis les ont surnommés « les modernes ». María se lève aux aurores tous les matins, sauf certains dimanches. C'est comme ça depuis des années, depuis qu'elle a intégré l'entreprise de nettoyage, depuis qu'elle a rencontré Pedro, heureuse dans son petit deux-pièces avec chambre, salon, et balcon qui donne sur une rue qui débouche sur une autre rue, qui débouche encore sur une autre rue.

Quand le téléphone sonnera une première fois, elle lui demandera de ne pas répondre ; qu'il reste là, tranquille et nu, couché sur le ventre. À part celui de Pedro et du père de Carmen, elle ne connaît pas d'autres corps, et elle a fini par s'habituer à celui de son fiancé : si Pedro a un accident de moto sur la Plaza de España, si on lui demande de reconnaître le corps de son fiancé, María a appris par cœur l'emplacement de chaque grain de beauté, de chaque tache de naissance. Un cercle marron foncé au milieu de la cuisse droite, trois grains de beauté à l'arrière de la cuisse gauche. Tout en les détaillant, elle dit : si moi je ne m'embête pas à répondre quand on m'appelle chez moi, il n'y a pas de raison que tu le fasses. Chico connaît l'existence de Pedro, et Pedro connaît l'existence de Carmen, Chico, Soledad, des frères aînés ; mais María estime qu'ils n'ont pas besoin de savoir quelle tête ils ont, quelle voix, pas besoin de se rencontrer un jour, de sorte que cet appel téléphonique et le geste de Pedro bousculent ses plans et ses attentes. María ne le sait pas, mais elle devine que c'est Chico : le dimanche soir elle parle avec sa fille, son frère l'appelle en rentrant du travail, et parfois elle préfère ne pas répondre et le rappeler plus tard. Ça ne le dérange jamais : il est toujours enthousiaste. Mais quand elle entend le téléphone sonner une deuxième fois, María s'inquiète – juste le temps de raccrocher et de reprendre la ligne –, Pedro saute du lit et va répondre dans le salon à grands pas.

Dans le lit, alors que la sonnerie a cessé, et qu'on n'entend pas parler Pedro, María pense qu'elle a été très heureuse ce week-end ; peut-être que ce jour-là un peu comme tous les dimanches, mais le samedi c'est sûr. Elle est revenue chez elle à l'horaire habituel, a préparé son déjeuner tranquillement – poisson à la plancha, une salade, un peu de fruits – et fait une courte sieste, vingt minutes maximum allongée sur le canapé. Elle a mis du temps à se préparer : un bain, une belle robe – elle aurait dû la garder pour aujourd'hui, pour que Pedro la complimente sur la couleur, la coupe –, son maquillage quotidien depuis un ou deux ans, cils marqués et lèvres rouges. Elle a pris le métro jusqu'à Callao et s'est baladée de cinéma en cinéma sur la Gran Vía, sans trouver un film à son goût ; elle a dépassé la plaza de España et marché jusqu'au Rosales. Elle avait déjà vu un truc de ce réalisateur, lors d'une séance de l'association ou chez Chico, elle ne savait plus. Elle ne prévenait jamais personne, parce qu'elle savait que ça ne les intéresserait pas, et elle ne voulait pas non plus avouer qu'elle y allait seule, au risque d'éveiller la peur ou l'incompréhension ; si on lui demandait, elle mentait. Le film ne l'enthousiasma pas plus que ça : quand elle se confrontait à des histoires inventées par d'autres, elle avait vite fait d'en voir les coutures, une attitude incohérente, une trame qui ne suit pas le même cours que dans la vie réelle.

— C'est ton frère qui t'appelle, José María.

José María, se demanda-t-elle tout en cherchant une chemise de nuit ou une robe pour se couvrir, comme si son frère pouvait deviner qu'elle était nue à trois cents kilomètres de là. Son petit frère était né un dix-neuf mars, et on avait décidé de l'appeler José d'après le saint du jour – même si c'était déjà le nom du frère aîné – et María d'après elle, qui était sa marraine.

— Hier, je suis allée au cinéma, Chico. J'ai vu un film qui m'a beaucoup plu : *Fanny et Alexandre*, ça s'appelait. J'avais du mal à croire que tout ça puisse arriver à une seule personne. Comme quand tu lis un roman, et que tous les malheurs s'abattent sur le personnage principal pour qu'il te soit plus sympathique : la vie c'est pas comme ça. Moi je pense que tu as un quota de malheurs de ta naissance à ta mort : ce n'est que justice. S'il t'arrive un sale truc, juste après, tu vivras quelque chose de bien, pour compenser. En revenant, dans le métro, j'ai pensé à moi. Il y a eu toute l'histoire de Carmen, mais maintenant je suis contente, tranquille. Le plus logique c'est que tout continue comme ça, non ? Il m'a aussi semblé, maintenant que j'y pense, en parlant avec toi, que ces gens-là avaient besoin de ce type de tragédie parce que sans ça, ils n'auraient rien à raconter.

— Avec qui tu y es allée ? Avec Pedro ?

— Non, il n'est pas venu. Avec Laura, la fille d'une de mes amies. Celle qui est à la fac.

— Comment tu vas, à part ça, María ?

— Bien, comme toujours. J'ai eu une semaine normale : avec le travail, je suis peu sortie. Aujourd'hui c'est comme tous les dimanches : Pedro est à la maison, ce soir j'appellerai maman pour parler avec Carmen. Et toi, Chico ?

— Bien aussi. Ça a été une semaine un petit peu différente. Écoute, María, je vais te passer quelqu'un qui veut te dire quelque chose. On se reparle plus tard.

Même si toutes les photographies de sa fille sont rangées dans un tiroir, ces derniers mois elle s'est mise à en regarder une en particulier, prise par Chico pendant une balade à la plage : un de ses grands neveux leur avait proposé de les emmener en voiture sur la côte. Carmen, Chico et sa mère se sont levés à l'aube, ils ont loué deux transats dans une petite guérite à Fuengirola, et ont passé la journée à s'allonger dessus à tour de rôle. Chico a décidé de leur faire plaisir et il a réservé une table au restaurant : ils ont mis de côté les sandwiches que Carmen avait préparés et ont mangé du poisson frit, un écrasé de tomates à la petite cuillère et du pain trempé dans l'huile. Sa mère a accepté de se mouiller les pieds, et le jeune homme a appris à nager à Carmen, ou en tout cas il a réussi à lui faire quitter un peu le rivage sans prendre de risques. Vers dix-huit heures, pour éviter la nuit sur la route du retour, ils sont rentrés chez eux. Soledad a regretté de ne pas être venue, elle se l'est reproché pendant des jours et des jours.

Quelques semaines plus tard, María leur rendit visite, pendant ses vacances, et Chico lui raconta l'excursion en lui montrant toutes les photos qu'il avait prises. Sa mère, avec une ample robe à fleurs, sous le parasol en raphia ; son neveu avec une dent cassée, guère gêné par ce défaut, qui enlaçait sa grand-mère, ou se léchait les doigts après les sardines. Une photo floue de Chico faite par Carmen : son frère est déjà un homme de presque trente ans, et il croise les bras pour dissimuler le gras accumulé sur son torse ; sa fille a coupé la silhouette en dessous des genoux. Pour María, Chico est un mystère : il passe tout son temps libre au ciné, et maintenant – depuis un an, un an et demi – il fait de la photo. Sa mère lui reproche d'avoir des goûts de prince, et il lui donne raison en dépensant une fortune en tickets et développements de pellicule. Avec le temps, María a appris à respecter ce bonheur qu'elle ne comprend pas.

Ce jour-là il y a surtout des photos de Carmen. Carmen et son cousin sur le rivage, Carmen qui sèche sur une serviette, dans l'ombre projetée du transat, Carmen qui râle, peut-être parce qu'elle en a marre qu'il la prenne en photo : elle lève le bras gauche et montre les dents, avec une moue de reproche. Sur cette photo, et sur les suivantes – Carmen à genoux sur le sable, discutant avec sa grand-mère, ou se promenant seule sur la plage, María préfère celles que Chico prend sur le vif sans demander l'autorisation – Carmen est devenue une femme adulte. María a la sensation que cette moue, la volonté rageuse que personne ne l'observe, marque la sortie de l'enfance de sa fille, sans passer par l'adolescence. Elle revient quelques images en arrière : il lui semble même que le visage de Carmen se durcit sur les dernières, que ses hanches s'élargissent et que sa poitrine s'arrondit. Dans le regard, jamais lumineux, et jamais naïf, on voit poindre l'amertume.

Depuis qu'une inconnue lui avait posé des questions sur sa fille, des années plus tôt – un soir, dans un bar – et qu'elle avait menti sur l'âge de Carmen pour occulter celui qu'elle avait elle au moment de l'accouchement, et qu'elle ne l'avait pas décrite non plus, parce qu'elle ne savait rien de son visage, qu'elle ne savait pas si elle préférait avoir les cheveux détachés ou des queues de cheval, même si elle savait qu'elle avait hérité des petits yeux noirs de son père, María ouvre de temps en temps le tiroir des photographies – dans le salon, un meuble qui contient ses papiers et ses souvenirs – et elle contemple celle que lui a donnée Chico. C'est la fin de la journée : Carmen ne ressemble déjà plus à Carmen, en tout cas pas à la Carmen qu'elle croit connaître, mais à une femme qui sera très bientôt indépendante. Elle a encore les cheveux mouillés, parce qu'elle s'est baignée dans la mer de la tête aux pieds, et elle les a noués en un chignon improvisé : une petite couette qui s'enroule sur elle-même, tenue par un élastique. Elle a baissé les bretelles de son bikini pour éviter d'avoir la marque du soleil ; bien qu'on la voie de face, elle ne regarde pas l'appareil, mais semble écouter quelqu'un ; d'après les autres images, elle suppose qu'elle discute avec son cousin, peut-être debout derrière Chico. Les yeux sont bien là, minuscules, conçus pour regarder, guère plus ; les yeux du père, que María serait capable de reconnaître, qu'elle le veuille ou non, sur n'importe quel visage croisé dans la rue. Les sourcils épais, la peau très pâle ; on ne les voit pas sur la photo, à cause de la piètre qualité du papier, mais de mémoire elle devine les lignes bleues sur les bras de Carmen. La naissance du nez juste en dessous des sourcils, fin sur l'arête, large à la pointe ; avec une drôle de forme d'entonnoir. Les lèvres sont charnues, les oreilles collées à la tête, les cheveux châtain clair, très fins – María se souvient de ses précautions pour la peigner. Le visage est carré, le front large, les traits précis. Elle mesure un peu plus d'un mètre soixante, ni grosse ni maigre, sa poitrine s'est beaucoup développée cette année. Tous les deux ou trois jours, María se répète cette description à voix haute, pour ne pas l'oublier. Elle ne sait pas grand-chose de la vie intérieure de Carmen : elles parlent à peine cinq minutes le dimanche soir, et quand María leur rend visite, elle tient à organiser une activité pour toutes les deux, que Carmen finit par annuler parce qu'elle a mal à la tête, ou qu'elle préfère rester à la maison. Chico est un peu déçu qu'elle n'ait pas le sens de l'humour, mais il lui assure qu'elle est plutôt mûre pour son âge. Cet été-là elle a arrêté l'école, parce qu'elle n'aimait pas étudier, et en septembre elle commencerait à travailler dans les grands magasins du centre ; maintenant, en rentrant elle s'arrêtait dans le restaurant où travaillait Chico, passait le temps en buvant un verre d'eau, et ils rentraient ensemble, elle à la maison, lui dans son appartement, où elle allait aussi certains soirs. María préfèrerait qu'elle garde son salaire pour elle, si jamais elle a envie de reprendre des études, ou de monter un magasin où personne ne lui donne des ordres.

Aujourd'hui c'est lundi. La veille, elle n'a pas réussi à s'endormir, elle n'a pas fermé l'œil de la nuit ; Pedro est passé chez lui voir si tout allait bien, parce qu'il ne faisait pas confiance à sa mère au téléphone, et après le dîner il est revenu chez María pour lui tenir compagnie, jusqu'à minuit passé. Il n'est pas resté dormir – il ne l'a jamais fait ; pas un matin où María se réveille aux côtés d'un homme – mais il était là, silencieux, d'abord sur le canapé, à lui prendre la main, puis dans le lit, l'encourageant à se reposer. Les pleurs avaient laissé la place à une sorte de hoquètement : María, qui n'avait pas pleuré quand Irene était morte, qui n'avait pas pleuré quand son père était mort, ne cessait de sangloter. Le coup de fil de Pedro la cueillit quelques minutes avant son réveil. Elle le reçut avec un Je n'ai pas dormi, lui la salua, Moi non plus, je n'ai pas dormi. Comment vas-tu María ? Pas très bien, mais ça va passer – tout finit par passer. Je ne vais pas tarder à partir au travail. Moi aussi. Je t'appelle quand je serai rentrée. Je serai là. Pas la peine que tu viennes. J'avais prévu d'inviter la fille de Conchita à prendre un café aujourd'hui, pour lui rendre des livres. Ça va me faire du bien de voir quelqu'un qui ne saura pas ce qui s'est passé. Je t'embrasse. Moi aussi je t'embrasse. C'est parce que le soleil d'octobre est encore clément, et que María s'est préparée si vite – toujours le même uniforme, du lundi au samedi, le pantalon bleu et le chemisier blanc, large, des tennis parce qu'il faut rester debout toute la journée – qu'elle peut se permettre de respecter les feux rouges, la correspondance devant la gare. Malgré tout ce qui arrive, aujourd'hui elle a besoin de faire le vide dans sa tête, de se consacrer à une routine qui ne lui demande pas d'attention. Elle prend le métro, incapable de lire, elle entend les conversations de ceux qui comme elle se sont levés tôt : résumé du week-end, déjeuner en famille du dimanche, problèmes des enfants à l'école. Elle cède son siège à une femme enceinte, et en profite pour aller à l'autre bout du wagon où se répètent les dialogues entre collègues, voisins, ceux qui se connaissent à force de se voir d'un matin sur l'autre. Ce paysage vivant lui semble étrange, si différent du paysage qu'elle parcourt quand elle choisit le bus : des immeubles purement utilitaires aux beaux bâtiments, quelques monuments, puis les gratte-ciels, comme un voyage dans le temps aller-retour-aller. Certaines têtes lui sont familières, évidemment : une femme qui vit à quelques numéros de chez elle, et qu'elle a l'habitude de croiser à la boucherie, un homme qui ressemble beaucoup à quelqu'un qui fréquentait l'association les premiers temps, c'est peut-être lui, peut-être un frère ; les traits sont identiques, mais il ne la reconnaît pas ou feint de ne pas la reconnaître. Elle a appris à respecter le désir de silence d'autrui. L'homme aussi peut-être.

Elle arrive dans les bureaux avant Teresa, quinze vingt bonnes minutes, estime-t-elle en sortant de la bouche de métro, mais sur les horloges du hall elle s'aperçoit que c'est plus en réalité. Elle décide de commencer sa partie, et si elle finit plus tôt, d'avancer le travail de sa collègue. Avec un plumeau, elle balaie le peu de poussière accumulé en deux jours sur les armoires à dossiers ; elle s'escrime à l'eau et au savon contre le cercle de café laissé par une tasse sur un bureau. Elle observe les postes de travail, presque tous pareils, même si certains arborent une photo de famille encadrée : des machines à écrire – une des entreprises achète des machines électriques, et elle fait attention à ne pas les abîmer en passant son chiffon –, papiers et stylos, dossiers, cendriers. Elle ouvre quelques fenêtres et apprécie la fraîcheur du vent ; elle aspire l'odeur citronnée du détergent, s'occupe de ce qu'elle n'a pas eu le temps de faire le samedi. Quand elle a terminé sa partie, Teresa n'étant toujours pas arrivée, María range le chariot de nettoyage et s'enferme pour pleurer dans le local de ménage. Elle ne pleure pas souvent, presque jamais. Elle n'a pas pleuré quand elle a laissé Carmen à ses parents pour déménager à Madrid ; quand elle s'est faite renvoyer. Hier soir, devant Pedro, elle a pleuré timidement, regrettant de se montrer vulnérable, et quand il est parti elle s'est laissée aller aux larmes, pensant ainsi écoper son chagrin et dormir un peu. Elle n'y est pas parvenue.

Quand Teresa arrive, elle est un peu calmée. Ses yeux sont rougis, elle n'a pas réussi à cacher les cernes dues au manque de sommeil sous le maquillage ; Teresa lui demande si tout va bien, si elle a eu un problème, María lui propose de l'accompagner de bureau en bureau, jusqu'à ce qu'arrivent les employés et qu'elles doivent se replier dans les parties communes, pour ne pas déranger. Teresa chantonne, elle évite le silence, improvise des anecdotes pour la divertir, sautant d'une époque à l'autre. Il y a quelques semaines, en se promenant dans le centre, l'air qui sortait d'une grille d'aération a soulevé sa jupe et elle a dévoilé ses sous-vêtements à tout le monde ; elle a dû prendre une tisane pour se calmer. María apprécie ses efforts, s'efforce de sourire pour rassurer sa collègue. En nettoyant les couloirs et les vestibules, les radios en bruit de fond, elles finissent par se taire toutes les deux, de temps en temps l'une commente les titres, et l'autre acquiesce. Quand la journée s'achève, elles se disent au revoir. En rangeant son charriot dans le local, María sent dans son dos la main de Teresa.

— Je ne te demande pas de me raconter ce qui s'est passé ; je ne veux pas que tu me le racontes. Mais si tu as besoin de quoi que ce soit, je suis là.

María entend une phrase toute faite, plutôt qu'une proposition sincère. Elle ne sait pas grand-chose de Teresa, qui la connaît mal. Quel sens ça aurait de partager avec elle le coup de fil de la veille, de décrire ce qu'elle a entendu, ce qu'elle a ressenti ? Comment Teresa pourrait-elle compatir, si elle ne sait rien des autres personnages de son histoire ? À sa connaissance, elle n'a jamais évoqué l'existence de Carmen avec elle. Elle devrait revenir au tout début, au moment où elle venait de fêter ses seize ans et qu'avec Soledad elles faisaient de la couture pour un magasin de retouches : du matin au soir, le fil, l'aiguille et la précision, pas de machine. Un jour, Chico s'était réveillé avec une forte fièvre, et sa mère craignait une aggravation de son état s'il faisait son trajet de coursier, alors María dut marcher jusqu'à l'avenue et prendre le bus jusqu'au centre, pour tenir les délais et éviter de perdre l'argent du jour. Son monde se limitait à une seule rue : une frontière invisible s'élevait à deux ou trois rues de chez elle, elle ne l'avait franchie que pour aller à l'école – sauf qu'elle avait arrêté depuis quelques années –, et elle ne la passait désormais qu'au bras de sa mère. Mais dans le bus, les yeux minuscules et sombres de l'homme qui s'assit à côté d'elle éveillèrent sa curiosité. Elle répondit à ses questions : je m'appelle María, j'ai seize ans, oui, je vis dans cette rue, au numéro quinze, avec mes parents et un frère et une sœur plus petits, les grands se sont mariés et ils volent de leurs propres ailes. Les jours suivants, alors qu'elle continuait à remplacer Chico qui se rétablissait petit à petit, l'homme prit l'habitude de s'asseoir à côté d'elle, et de la presser de questions : c'est pas que je n'aime pas coudre, ça m'amuse, mais je n'aimerais pas passer ma vie à faire ça, peut-être que d'ici un moment j'essaierai un autre travail, je n'ai même pas songé à faire des études parce que ça me semblait impossible, chez moi il faut qu'on ramène de l'argent, mais mon petit frère, lui, il est doué pour ça. Chico s'est rétabli, et quelque temps plus tard, un matin où elle sortait avec son frère et sa sœur pour aller prendre le soleil sur la place, María a rencontré l'homme du bus. Il l'a invitée plusieurs fois chez lui, et María n'a pas refusé. La dernière fois qu'elle y avait été, il faisait déjà froid. Chico aimait bien s'approcher du ventre et voir le bébé bouger à la fin de la grossesse ; quand Carmen est née, son père lui a expliqué que son oncle lui avait trouvé un travail à Madrid. De nouveau, elle ne dit pas non. Les premières fois qu'elle rentra chez elle, elle dit qu'elle voulait gagner un peu plus, vivre seule, emmener Carmen avec elle. Au début, Chico l'avait convaincue de ne pas en parler avec ses parents ; avec les années, elle avait réussi à mettre le sujet sur la table, mais sa mère s'y était opposée. Que représentait-elle, pour Carmen ? Quelqu'un qui venait deux ou trois fois par an, jamais là, ni quand elle était malade, ni quand elle était heureuse, absente de tous les souvenirs qui lui resteraient quand elle serait adulte. Et inversement que signifiait Carmen pour elle ? Sa mère s'en occupait toute la journée. À Madrid, qui pourrait la garder pendant qu'elle travaillerait ? Comment pourrait-elle rendre son quotidien compatible avec un bébé, puis une petite fille, et enfin une adolescente ? María insistait de temps en temps, à Noël, ou quand elle venait l'été ; elle demandait de combien d'argent – combien d'argent en plus – elle aurait besoin pour que sa fille vive avec elle. Elle calcula, elle économisa. La dernière fois, alors qu'elle avait mis assez d'argent de côté pour qu'elles puissent vivre toutes les deux, sa mère lui avait répondu que Carmen préférait rester là-bas, avec eux. Si elle racontait tout ça à Teresa, est-ce qu'elle comprendrait ce qui la fait pleurer ? Elle ne voulait pas parler du coup de fil : l'histoire que Carmen lui a racontée, elle la connaît déjà, elle l'a vécue elle aussi, avec deux ans de plus. Ce n'est même pas ça qui l'inquiète, parce qu'elle estime que sa fille en paiera les conséquences comme elle l'a fait elle, qu'on lui prêtera une robe pour le mariage, qu'elle rangera toutes les photos de ce jour-là dans un tiroir pour qu'on ne voie pas son ventre. Ce qui l'inquiétait, c'était son ton, à la fin : la façon qu'elle avait eu de lui dire au revoir. C'est ça qu'elle pourrait lui dire, par exemple :

— Elle m'a appelée María, Tere. Pas « mère », pas « maman » : elle m'a appelée par mon prénom. Elle m'a demandé de ne pas venir, parce que ce serait un jour important pour elle, et que ça n'aurait pas de sens que je fasse semblant d'être intéressée maintenant alors que je n'avais jamais semblé l'être.

Mais pour María, dire tout ça de but en blanc, alors qu'elle n'a jamais échangé que des commentaires superficiels avec Teresa, qu'elle n'a jamais été portée sur les confidences, c'est trop compliqué ; elle serait obligée de parler de ce lien, de lui faire des confidences sur sa relation avec Carmen, le mariage, l'accouchement. Aura-t-elle des nouvelles ? Carmen l'appellera-t-elle pour lui raconter ? À moins que ce ne soit Chico ? Elle espère de tout cœur que Carmen aura un garçon.

Face à Teresa, María sourit, elle l'enlace et lui répond merci, merci beaucoup. Elle range son chariot dans le local et se dépêche de sortir un peu avant sa collègue, pour faire le trajet seule. Tout le retour, elle tâchera de ne pas penser, mais elle pensera tout le temps : à sa conversation avec Carmen, aux excuses de Chico qui n'avait rien soupçonné, à la maladresse de Pedro quand il avait essayé de la consoler. Dans le métro, une femme raconte à une autre que sa fille est enceinte, qu'elle va être grand-mère dans cinq mois. María a envie de répondre, eh bien moi non, mais elle ne le fait pas de peur qu'on la prenne pour une folle : cet après-midi, j'étais dans le métro, et tu ne devineras jamais ce qui s'est passé. Se taire et feindre la normalité, c'est le meilleur moyen d'oublier. Une fois rentrée, elle déjeune en attendant la visite de Laura, elles abordent des sujets divers et variés. À un moment, María lui demande :

— Tu pourrais me conseiller un roman ? Ou un recueil de nouvelles. Sur ces sujets qui nous intéressent.

Je veux me consoler avec des histoires pires que la mienne.

Dans le fond, tout revient à l'argent : au manque d'argent. Chacune des situations qui ont mené María là où elle est – un deux pièces à Carabanchel, le métro jusqu'à Nuevos Ministerios – aurait été tout autre avec de l'argent. Soledad, Chico et elle avaient quitté l'école parce que leur famille avait besoin d'argent ; c'est pour l'argent qu'elle avait remplacé son frère le matin où il était malade, pour ne pas perdre le travail du jour. Si ses parents avaient eu de l'argent – la santé pour le gagner, l'argent pour se payer la santé – aurait-elle rencontré cet homme dans le bus ? Ils avaient déambulé dans les mêmes rues ; ils auraient pu se croiser à l'épicerie, peut-être un dimanche dans le bar de ses frères. Mais à l'époque, avec de l'argent, sans ce manque d'argent, María aurait vécu dans une grande maison avec une chambre pour elle toute seule et tous les matins elle serait allée au lycée. À cause de l'argent, elle a dû quitter sa maison prématurément, retrouver dans le fils d'une autre l'odeur de sa fille. L'appartement où elle vit correspond à l'appartement qu'elle peut payer, pas à l'appartement où elle aimerait vivre, et le travail qu'elle a est celui auquel elle peut aspirer en étant qui elle est, en ayant l'argent qu'elle a eu. Ce qu'elle n'a pas vécu, c'est à cause de l'argent qu'elle ne l'a pas vécu, du manque d'argent. Les voyages dont elle n'a pas profité, les robes qu'elle a préféré ne pas acheter, les déjeuners qu'elle a préparés chez elle pour Pedro et elle, histoire d'économiser un peu. L'argent qu'elle a envoyé à sa mère n'a pas suffi à satisfaire les besoins de Carmen ; cela devait lui sembler trop peu, elle n'avait sans doute pas compris – un beau jour – que son absence tenait justement à ça : à l'argent. Mais il s'agit aussi de ça : être une femme. Quand l'homme du bus lui avait posé des questions, elle avait répondu, le contraire eût semblé malpoli. Elle avait vécu toute sa grossesse chez elle, cachée, à faire de la couture dans le patio pour deviner un petit coin de ciel. Qu'a-t-il fait, lui, pendant ce temps-là ? Il a changé de vie : sa famille, son travail, recommencer à zéro dans un autre quartier. Elle a dû courir jusqu'à la porte de chez lui, par des nuits trop obscures, avant qu'il ne soit trop tard, pendant des années elle n'a pas ouvert la bouche aux réunions et elle a écouté Pedro reprendre ses arguments et ses idées.

María pense aux choses qu'on peut acheter : les choses qu'elle peut acheter sans que personne ne pose de questions si c'est une femme qui les paye. L'abonnement aux transports pour aller au travail et revenir. Un canapé confortable. La machine à laver. Le frigo. La nourriture : celle qu'elle achète, et aussi, d'une certaine façon, celle qu'elle écarte parce qu'elle est trop chère. Les bières qu'elle boit après les réunions, quand ce n'est pas Pedro ou un autre ami qui les lui paye. Sa gêne quand quelqu'un annonce une tournée, parce que cela signifie qu'à un moment ou un autre, elle aussi devra en payer une. Un petit bouquet pour elle, certains jours. Les plantes aussi : l'eau et le soleil les font pousser, mais c'est elle qui a acheté les graines, les petits pots de terre qu'elle aimerait bien peindre un jour, si elle a le temps, et l'argent. Avec l'argent elle peut payer tout cela : avec l'argent elle peut tout avoir. Avec l'argent elle paye tous les mois l'appartement dans lequel elle vit seule, où Pedro lui rend parfois visite ; sans argent elle devrait vivre avec lui, chez ses parents à lui, s'occuper de sa mère et de son frère, s'en tenir au salaire que d'autres estimeront qu'elle mérite et à une tendresse contrefaite. María a toujours redistribué son argent depuis qu'elle en gagne. Tout ce qu'elle gagnait à l'atelier de couture, elle le donnait à sa mère. Idem pour le salaire de la première maison où elle a travaillé : une partie pour l'oncle et la tante, qui lui louaient la chambre de sa cousine, et le reste, une fois de plus, pour sa mère, pour Carmen, aux yeux sombres comme l'homme du bus ; María gardait une petite quantité pour elle, pour pouvoir aller à droite à gauche, s'acheter un petit quelque chose. Peu importait quoi : quelque chose qui lui permette de revendiquer le possessif, ma jupe, mes boucles d'oreille. Quand elle a commencé à gagner un peu plus, elle a décidé de chercher un appartement pour elle, petit, une seule chambre, dans la rue où elle vit toujours, profitant du départ des gens d'Andalousie ou d'Estrémadure qui retournaient dans leurs villages : son chef l'avait aidée en se portant garant de son sérieux et de son honorabilité, mais c'est avec de l'argent qu'elle l'avait loué. María continua à envoyer de l'argent chez elle, trouva un travail guère plus intéressant mais qui payait mieux, loua un appartement plus grand : salon, chambre, cuisine et salle de bains. Elle aurait voulu acheter petit à petit le toit sous lequel elle mourrait, mais il faut d'abord qu'elle économise pour avoir un apport ; si elle y parvient, elle mettra deux fois plus de temps que les autres, parce qu'elle sera toute seule à le payer. Elle croit que ça aussi, ça a à voir avec l'argent. Existe-t-il quelque chose qui ne puisse pas s'acheter ? Peut-être qu'elle aurait dû garder plus d'argent pour Carmen. Peut-être qu'elle aurait dû lui faire des cadeaux plus spectaculaires : pas la poupée qu'elle pouvait lui payer, mais celle avec laquelle jouaient toutes les filles de sa classe. Quand elle a découvert que Carmen arrêtait l'école, elle aurait pu lui proposer autre chose : aller à l'université, venir vivre avec elle. La fille de Conchita lui aurait certainement donné un coup de main. Qu'est-ce que Carmen aurait voulu être ? Pour quoi était-elle douée ? María l'ignorait. Que pensait sa fille de l'argent ?

LA BEAUTÉ

Madrid, 2015

Le réveil sonne sur son portable. Alicia ouvre les yeux. Si elle accordait une quelconque importance à la beauté, à penser à cela – à penser que le réveil de son portable sonne, et qu'elle se réveille – elle entendrait les sonneries dans son appartement, dans celui du dessus, et même à deux blocs de là : des inconnus qui ne se croisent guère qu'en jetant leurs poubelles, frottent leurs poings fermés sur leurs yeux parce que sur la table de nuit, la même sonnerie du même modèle de téléphone vient de se déclencher. Un petit peu plus tard, une musique fait son entrée, une seconde à peine, parce que les horloges ne sont pas synchronisées ; une autre se précipite juste après, redouble le sursaut du réveil. Alicia n'a pas le temps de se laisser émouvoir par des coïncidences et des foutaises, le réveil sonne et elle se réveille.

Selon le tour de la semaine, Alicia attend que Nando parte au travail ou se lève avant lui. Le matin, elle n'a aucune envie de parler ; dans tous les cas il tâche de ne pas la déranger ; parfois, elle l'observe aller sur la pointe des pieds dans la salle de bains, s'efforçant de faire un minimum de bruit. Si Alicia travaille l'après-midi, le matin elle fait le ménage et les courses, parfois, elle se promène dans le quartier, il lui arrive même d'aller voir un film. Si elle travaille jusqu'à la mi-journée elle aura pris le premier métro, changé de ligne à Gran Vía pour prendre la bleue, couru jusqu'au kiosque pour que les voyageurs achètent des bonbons et des reproductions en plastique de la puerta de Alcalá ; elle reviendra sur ses pas, déjeunera sans se presser, fera le ménage, les courses, une promenade, et caetera pour tuer le temps jusqu'à ce que Nando rentre. Alicia n'aime pas son travail, mais il l'amuse : il lui permet d'observer le reste de l'humanité. Si elle accordait une quelconque importance à la beauté, elle pourrait évoquer une certaine curiosité, comme si elle avait mangé un anthropologue : la magie du genre humain dans toute sa diversité, diversité des visages et diversité des attitudes, la grande union des hommes et des femmes petits et grands et riches et pauvres – non, les pauvres non : les pauvres voyagent en bus – qui baissent leurs pantalons, remontent leurs jupes, descendent leur fermeture Éclair, déboutonnent leur braguette, hommes et femmes petits et grands et riches et travailleurs avec un salaire qui leur permet de payer les factures et de s'échapper les jours fériés et les week-ends, tous égaux quand ils pissent dans la gare d'Atocha. Au début, Alicia regrettait que l'accès aux toilettes de la gare soit payant, parce que depuis son poste elle aurait pu surveiller les entrées et sorties : cela l'aurait amusée de deviner qui ne laisse rien percevoir de ses désirs enfouis, qui cherche du sexe furtif, qui veut gagner de l'argent ou en donner. Quand on viendrait la relayer, elle ne rentrerait pas tout de suite chez elle : elle se glisserait dans les toilettes pour hommes et attendrait dans la cabine une supplique, un halètement, un corps qui se cogne à un autre ; n'importe quel prétexte pour traîner un peu avant de feindre d'être pressée jusqu'aux tourniquets et de monter dans la ligne bleue, changer à Gran Vía, monter dans la ligne verte, chercher les clefs de chez elle dans son sac, les jeter à côté de la porte d'entrée, jusqu'au lendemain matin.

Mais non : peut-être que finalement, Alicia n'est pas totalement indifférente à la beauté. Les gens qui utilisent les toilettes de la gare lui semblent médiocres. De temps en temps, si elle n'est pas en train de répondre aux hésitations d'un client, elle observe, par inertie, les entrées et sorties dans les toilettes pour hommes. Elle s'est habituée à reconnaître les touristes disposés à payer soixante centimes pour que toutes les cinq minutes quelqu'un vienne nettoyer les petites gouttes sur la cuvette, remplir le distributeur de savon moussant, s'assurer qu'aucun clochard n'ait réussi à rassembler l'argent nécessaire et vienne gâcher la décoration minimaliste. Ils marchent vite, le pas assuré, une main modelée sur la poignée de valise – une valise rigide et minuscule, deux tenues de rechange maximum, pour deux jours – l'autre au téléphone portable. Ils pianotent, pianotent, pianotent. Chez eux le réveil sonne-t-il en même temps que dans l'appartement du dessus, dans ceux qui sont à deux pas ? De quelle épaisseur sont les murs de leurs maisons ? D'autres s'approchent du kiosque, demandent timidement s'il n'y a pas des toilettes gratuites ; ils demandent ça comme ça : des toilettes gratuites. Ils ne veulent pas, ou ne peuvent pas payer : ils traînent d'immenses valises au tissu élimé, avec un soufflet pour caser les manteaux, plusieurs pulls ; parfois ils traînent un immense sac en plastique à carreaux, acheté dans un bazar, et ils demandent ça, des toilettes gratuites. Alicia répond non, et que là – en montrant – ça coûte soixante centimes, même si c'est toujours propre. Si la beauté comptait pour elle, alors elle penserait qu'en réalité, la beauté qui compte pour elle est tout le contraire : sale, cassée. Mais elle s'arrête là, en disant que c'est toujours propre, et elle les regarde en silence au cas où ils aient envie d'un pain au chocolat pour le voyage.

Le réveil sonne sur son portable. Alicia ouvre les yeux. Elle vient juste de rêver de son père qui se pend à un arbre, comme chaque nuit, toutes les nuits de sa vie.

Alors il y a un moment où Alicia fait mine d'être pressée et accélère le pas jusqu'aux tourniquets pour prendre la ligne bleue, changer à Gran Vía, prendre la ligne verte, chercher les clefs de chez elle dans son sac – dans son sac les clefs, le porte-monnaie, une serviette hygiénique si jamais ses règles arrivent en avance, le chargeur du portable, un paquet de mouchoirs, une pomme qui pourrit –, et jeter le sac à côté de la porte d'entrée jusqu'au lendemain. Elle rentre chez elle à midi si elle a travaillé le matin ; elle rentre chez elle le soir si elle a travaillé l'après-midi. Elle préfère le tour de l'après-midi, parce qu'elle n'a pas à se lever aux aurores et qu'elle est sûre de ne croiser personne : elle passe ce qu'il reste de soirée avec Nando, et encore, pas les jours où il y a match à la télé. Mais parfois, elle accepte d'échanger parce qu'une de ses collègues – toujours une femme : impossible de se tromper – le lui demande, elle lui rend ce service pour lui permettre d'accompagner son fils à la crèche ou à l'école ou au lycée ou à la fac, de lui torcher les fesses, de ramasser les miettes des gâteaux du petit-déjeuner, Ne t'inquiète pas, cet après-midi c'est son père ou sa grand-mère ou son grand-père ou sa tante qui passent le chercher, pendant que moi je travaille. Quand Alicia cède son tour préféré, elle se sent comme une super-héroïne, comme ceux qui dans les toilettes à soixante centimes s'efforcent de maîtriser le jet d'urine pour viser la cuvette, un peu de solidarité entre membres de la classe ouvrière : le privé est politique.

Quand Alicia travaille le matin, elle n'a aucune excuse pour échapper à Nando en fin de journée. On se retrouve où, lui demande-t-elle sur Whatsapp, comme s'ils n'avaient pas emménagé ensemble trois semaines après la deuxième fois qu'ils ont couché ensemble ; c'est lui qui utilise ce verbe, coucher, parce que dans sa bouche c'est respectueux. Pour tolérer ses euphémismes, Alicia met une pince à linge sur son nez, parce qu'elle trouve qu'ils sentent mauvais, mais en réalité il essaie surtout de ne pas la froisser, et quelque part elle se délecte de ces efforts maladroits pour dissimuler son inculture. Elle n'en revient toujours pas de passer le chercher à l'arrêt de bus, de remonter la rue d'Alcalá à ses côtés – Nando s'abstient toujours de dire que c'est tout au fond, quand elle débouche sur l'A-2 ; elle insiste, au contraire –, de reconnaître l'odeur de sa merde le matin. Bientôt ils fêteront leur septième anniversaire. Quand Alicia est de repos l'après-midi, elle attend le bus de huit heures, qui s'arrête de l'autre côté du rond-point, et ils marchent quelques minutes jusqu'à chez eux. Parfois, il se change sans se doucher, d'autres fois – surtout en hiver – il dit qu'il a la flemme. Ils prennent une bière ou deux, quelques fruits secs, et à ce moment-là ils retrouvent Javito et Isabel qui sont déjà en train de commander au comptoir, Salva et Natalia arrivent plus tard, et enfin les derniers à les rejoindre, Edu et Rocío, qui travaillent à l'autre bout de Madrid, mais ne veulent pas quitter le quartier. Alicia est fascinée par la transformation du couple en unité indivisible, de voir comment leur nom perd sa valeur intrinsèque et n'a de sens que relié à un autre : la vie quotidienne comprise à l'aune des mathématiques. Javito et Isabel, Salva et Natalia, Edu et Rocío, Nando et Alicia : c'est par eux qu'on commence l'énumération, avec le diminutif, qui donne un air familier – des gars du quartier, depuis toujours – ; la conjonction copulative – clin d'œil – les réunit ; et avec elles on finit de compléter le nom, I-sa-bel, Na-ta-lia, Ro-cí-o, A-li-cia, jamais Isa ou Nati ou Roci ou Ali, parce que les femmes, on doit les respecter. Unis comme concept, ils le sont aussi sur le plan physique : Alicia ne sait pas si Edu et Rocío avaient la même façon de parler avant de se connaître, ou s'ils se sont contaminés l'un l'autre, mais souvent elle est distraite par les mouvements frénétiques de leurs mains pour appuyer tout ce qu'ils disent ; dans certains reflets plus clairs des cheveux de Javito on reconnaît les mèches blondes d'Isabel ; Salva et Natalia grossissent en même temps. Alicia se demande si son nez va se courber comme celui de Nando, si son ventre va gonfler comme celui d'un bébé attardé.

Ils n'attirent pas l'attention. Dans le bar, d'autres groupes se donnent rendez-vous, interchangeables : trois ou quatre couples, il en faut toujours deux qui soient amis depuis la cour de l'école, toujours un autre qui soit une pièce rapportée grâce aux bons offices de l'amour. Les latinos se réunissent dans les bars où on sert du poulet frit, et les Chinois on ne les voit jamais. Nando et Alicia vivent dans la rue juste derrière, à moins de cinq minutes à pied. La clientèle de la semaine est en fin de trentaine, début de quarantaine ; plus jeune on se retrouve sur la place ou dans les salles de billard, plus âgé à l'auberge – chaises en nombre suffisant, nappes en papier – qui les accueillera eux aussi, d'ici peu. Salva et Natalia ont été les premiers à rompre la symétrie, quand elle est tombée enceinte de Martina ; Javito et Isabel, quelques mois plus tard, quand Javierín est né. Chez eux, quand personne ne les entend, Nando l'appelle Javierón et s'étonne qu'il arrive à tenir dans le porte-bébé, avec tous les plis de ses cuisses et de ses bras ; un soir – il avait bu plus de bières qu'à l'accoutumée – Nando se demanda à voix haute si le jour de son mariage, Isabel comptait conduire Javierón jusqu'à l'autel comme ça, avec un sac à dos géant, et Alicia, stupéfaite, avait ouvert grand la bouche, avant de partir dans un grand fou rire, qui avait duré plusieurs minutes. L'événement avait eu lieu chez eux, et pas au bar, ce qui l'avait rassurée – elle sait que cela aurait gêné Javito et Isabel, et que Nando n'aime pas ce genre de situations ; Alicia aurait été obligée de supporter ses pleurnicheries –, et elle fut surprise de voir que Nando était capable d'une pincée d'espièglerie et d'un peu de méchanceté. Peut-être que c'était pour ça, bien qu'on soit un mardi, qu'ils avaient fait l'amour avant de dormir.

Alicia sait que Natalia préfèrerait ne pas avoir d'autre enfant, parce qu'elle le lui a dit en changeant la couche de Martina – qui s'endort dans sa poussette, ne pleure presque jamais et les regarde généralement avec indifférence : Martina pose si peu de problèmes qu'elle ne veut pas se risquer à engendrer un bébé qui leur compliquerait l'existence –, pour Isabel, à l'inverse, elle sait qu'elle aimerait bien, mais que Javito refuse parce qu'il y a quelques mois plusieurs de ses collègues ont été licenciés et rien ne lui garantit que ça ne lui arrivera pas à lui avant la fin de l'année. Dans leurs réunions – c'est comme ça qu'ils les appellent – ils parlent des collègues de travail dont on peut se moquer facilement, de la corruption, de la ligue de foot, mais jamais de maternité. Edu et Rocío essayent depuis des années, en vain : il refuse de faire examens de fertilité, il l'a dit à Nando qui l'a répété à Alicia. Rocío les a faits en cachette, ce qui lui a confirmé qu'elle aurait besoin d'une stimulation ovarienne, elle l'a dit à Alicia qui l'a répété à Nando. Alicia a ajouté que le problème ne venait pas d'Edu, mais que c'était Edu lui-même, le problème. Nando lui a répondu qu'il aimerait mieux ne pas se mêler de ce qui ne le regarde pas, qu'ils avaient encore le temps. Lui, il a le temps, a répondu Alicia, elle, pas tant que ça, et Nando a quitté le canapé pour aller aux toilettes, avant de se mettre directement au lit sans repasser par le salon. Personne ne leur pose la question, à eux : ou plutôt, à elle – ils savent tout ce qu'ils doivent savoir sur son compte : Alicia, trente ans, son père s'est suicidé, elle ne parle plus à sa mère ni à sa sœur, de temps en temps elle appelle son oncle pour vérifier qu'il n'est pas mort –, et elle suppose que quand on demande à Nando, il répète les arguments qu'elle lui a déjà expliqués des tas de fois. C'est drôle, parce que ce ne sont même pas les siens : elle les a entendus dans le métro, dans la queue aux caisses du Primark, et elle les a adaptés à sa vie. En fin de compte, c'est ce qu'on fait tous les jours : imiter les actions d'autrui, répéter leurs gestes, les adapter pour survivre.

Nando est inquiet. Il va bientôt avoir quarante ans – il veut organiser une grosse fête, il insiste, une grosse fête ; Alicia est horrifiée – et il n'aimerait pas avoir soixante ans quand son fils commencera la fac. Pour Alicia l'idée d'engendrer un enfant, de l'élever, est déjà ridicule, mais de là à penser que son fils – son fils ! – ira à l'université, quelle horreur ! Fernandito, président du gouvernement, prix Nobel de Mathématiques, découvreur du vaccin contre le cancer, fils de Nando et Alicia, élevé dans un bar de Canillejas alors qu'il dormait dans une poussette héritée de Martina. Après deux ou trois années de vie commune, Nando avait réservé pour dîner dans un restaurant de grillades et lui avait fait sa demande en mariage. Alicia se leva et fila aux toilettes : elle répondit qu'elle n'aurait pas dû manger autant, qu'elle avait avalé trop de viande, et ils rentrèrent chez eux sans dessert. Le lendemain, elle lui demanda s'ils n'étaient pas bien comme ça, ensemble, au jour le jour ; elle affirma qu'ils n'avaient pas besoin de papiers pour vivre leur amour et leur engagement – elle avait lu ça dans une interview, chez le coiffeur. Alicia pensa à l'ex de Nando, dont il lui avait parlé la première nuit, et la deuxième, et toutes les nuits pendant six mois, jusqu'au jour où il parut s'apercevoir qu'elle n'allait pas partir en courant ; il lui expliqua qu'il faisait ça aussi pour qu'elle puisse hériter de l'appartement s'il lui arrivait quelque chose. Pendant plusieurs nuits, Alicia y réfléchit sérieusement – ses cauchemars gagnèrent en cruauté : dans l'un d'eux, son père était déjà mutilé en sortant de la voiture, il lui manquait un bras, du sang jaillissait de la chair à vif – et elle finit par accepter, mais elle voulait un mariage civil et discret, sans cousins du village ni amis de la belle-mère. Au tribunal, ils apposèrent leurs signatures, puis la mère de Nando les invita à déjeuner dans un bar du quartier, pas plus de trente personnes. Même si elle lui avait parlé de Nando, Alicia préféra ne rien dire à l'oncle Chico.

Et voici la liste des arguments d'Alicia. Ce n'est pas le sang qui fonde la famille, mais la vie en elle-même. Je ne suis pas sûre de vouloir livrer un innocent de plus à ce monde cruel. Je ne suis pas convaincue d'être capable d'élever un enfant. Toi tu as un boulot plus ou moins stable, mais moi je n'ai jamais tenu longtemps sur le même poste, et avec ce qu'on gagne, ce serait difficile d'entretenir une personne en plus. On est assez bien pour éviter de briser notre stabilité avec quelqu'un qui va juste nous apporter des problèmes pendant les vingt ou trente prochaines années. Tu vas lui changer ses couches ? Tu vas lui donner son biberon ? Tu vas l'aider pour ses devoirs, ses examens ? Et si ton fils est orgueilleux, hypocrite, menteur ? Et s'il prend du plaisir à torturer son prochain ? Comme les psychopathes qui débarquent dans leur lycée avec un fusil et canardent les joueurs de basket, les pom-pom girls et les profs dévoués : eux aussi ils ont un père et une mère, ils sont réels, même s'ils passent à la télé. Le salaud qui poursuivait ton frère dans les couloirs du lycée, Nando, et qui le menaçait de lui couper la bite et de la lui mettre dans le cul ou dans la bouche, lui aussi il a un père et une mère. Peut-être qu'on prive le monde d'un nouvel Albert Einstein ou d'une nouvelle Frida Kahlo – on venait de la mentionner dans un documentaire de la chaîne Histoire, ce qui l'aida à être inclusive –, mais peut-être qu'on lui épargnera aussi un Hitler ou un Pol Pot. Quand Alicia récitait toutes ses excuses à la suite – comme quand adolescente elle apprenait la leçon par cœur au lieu de la comprendre, et qu'elle avait besoin de lâcher toute l'information le plus vite possible, parce que le moindre oubli lui faisait perdre pied –, elle se mordait les lèvres entre toutes les phrases pour ne pas éclater de rire. Mais pour Nando, c'était plus que suffisant ; pendant plusieurs mois il relâchait la pression, ne revenait plus sur le sujet, et obligeait Alicia à se blottir contre sa poitrine et en lui susurrant : viens là, mère de Staline.

Cela ne lui sembla pas si mal la première nuit ; correct, sans plus, un peu forcé, comme tant d'autres fois. Il avait supporté le monologue d'Alicia sans l'interrompre – c'était la première fois qu'elle racontait à quelqu'un que toutes les nuits, elle rêvait de son père mort – et il avait même supporté sa tirade finale, quand elle lui avait dit qu'elle restait là uniquement parce qu'elle n'avait pas assez d'argent pour un taxi ; quand elle finit par se taire, Alicia pensa qu'elle avait exagéré. Il lui proposa vingt euros, même si ce n'était pas une très bonne idée de lui donner un billet après avoir couché avec elle – bingo : est-ce que le mot de passe de son compte mail ne serait pas « coucher » ? –, et elle refusa. Elle lui tourna le dos, et s'endormit. Quelques heures plus tard, la lumière la tira du sommeil, parce qu'il avait oublié de baisser le store, et pour ne pas le réveiller, elle sortit précautionneusement du lit, s'habilla en silence, ferma la porte. Le chemin du métro lui suffit pour oublier la photo avec ses camarades du club de cyclisme – Nando la lui avait montrée avec fierté à la première requête d'Alicia, alors qu'ils venaient d'arriver dans l'appartement : au premier plan les vélos, et les cyclistes sur deux rangées en fonction de leur taille, avec leur équipement noir et vert citron, les casques et les gants –, le cadre en bois avec l'image d'une fille très mince, les cheveux teints en blond, très longs, noués dans une couette haute, des petites boucles d'oreille en or : on devinait une veste de jogging bleu clair, et elle posait sur un mirador, sur fond de montagne. Les balayeurs ramassaient les éclats de verre des bouteilles qui s'étaient brisées sur le sol pendant la nuit. Alicia calcula qu'il fallait une heure quatorze pour faire le trajet de la porte de chez Nando jusqu'à chez elle. Elle prit une douche, réchauffa un verre de lait et se mit au lit. Elle ne lui accorda aucune importance. Deux semaines après, elle rencontra un autre homme, un mois après encore un autre, etc.

Un an plus tard exactement, sa collègue de travail – la même collègue de travail – l'invita à son anniversaire. Alicia avait envie de boire et de rire un peu : son contrat s'achevait dans dix jours et on l'avait déjà prévenue qu'elle ne serait pas renouvelée. Le chef l'avait appelée dans son bureau pour lui dire, et pendant qu'il égrenait ses excuses, Alicia calculait combien de temps elle arriverait à tenir sans salaire : on est au pire moment de la crise, je n'ai pas réussi à économiser, c'est ceux d'en haut qui m'obligent, je vais toucher une misère avec le chômage et ça ne durera pas plus de quelques mois, ça tombe sur toi parce que ton contrat est censé s'achever maintenant, au point où j'en suis je ne vais pas appeler l'oncle Chico pour lui demander de l'aide. Alicia pensa qu'elle allait devoir quitter l'appartement où elle vivait, parce qu'elle n'arriverait pas à le payer ; elle devrait de nouveau le partager, accepter qu'une inconnue la juge en échange du droit d'utiliser ses couverts, de s'asseoir à l'autre bout du canapé, de nettoyer ce que les autres saliraient – elle se rappela la pile d'assiettes sales entassées dans l'appartement d'Aluche, une petite plante qui fleurissait entre les tommettes –, de s'enfermer dans sa chambre pour avoir un minimum d'intimité. La serveuse du bingo lui avait raconté qu'à son arrivée dans un nouvel appartement, on avait essayé de la violer dès la deuxième nuit, alors qu'elle n'avait même pas eu le temps d'ouvrir ses deux cartons d'affaires, et la réceptionniste avait une collègue qui lui volait tout ce qu'elle pouvait, argent, DVD, crèmes hydratantes déjà entamées, et même un album de photos d'enfance.

Alicia ne comptait pas sur la logique : une bonne partie des têtes croisées l'année précédente seraient présentes. Elle s'en aperçut en ouvrant la porte du bar et en tombant nez à nez avec lui. Elle ne s'en était pas rappelée pendant tout ce temps – elle avait juste gardé en mémoire l'épiphanie de lumière dans les éclats de verre, devant la bouche du métro –, et pourtant, il était là avec ses grandes jambes, ses yeux exorbités, qui payait sa bière au comptoir. Elle chercha ses collègues de travail, Paola lui reprocha d'arriver si tard, elles avaient calculé qu'elle vivait à une heure dix de là, elles remirent le cadeau commun à Rocío. Alors qu'Alicia commençait à réfléchir à une excuse pour partir avant la fin sans qu'il la voie – je viens d'avoir mes règles et j'ai un mal de chien, je ne me sens pas très bien avec ce qui s'est passé au travail –, elle sentit une main sur sa nuque. Sans même la saluer, il lui reprocha d'être partie sans dire au revoir, et elle répondit qu'il l'avait tellement impressionnée qu'elle ne voulait pas gâcher son souvenir. Elle lui demanda comment il s'appelait, parce qu'elle avait oublié. Nando, je m'appelle Nando, dit-il, et Alicia vit qu'il tenait deux bouteilles, une dans chaque main. Il lui en tendit une dont le verre était encore gelé, Alicia le remercia, il se retourna et la laissa revenir vers Paola. Le propriétaire du bar baissa le rideau – Rocío le connaissait –, monta le volume de la musique et autorisa tout le monde à fumer : on apporta des tapas, un gâteau en forme de cœur. Les filles dansèrent un peu, Alicia n'entendit plus sa voix à lui, Paola lui jura qu'elle allait lui manquer, à un moment elle imagina que c'était elle qui s'était vu notifier le non-renouvellement de son contrat, d'un autre côté, ce serait dégueulasse, elle a sa mère et ses enfants en Bolivie. Quand ils remontèrent le volet, Alicia se rendit compte qu'elle allait devoir rentrer ; elle partit aux toilettes pour réfléchir à une stratégie, peut-être un bus de nuit jusqu'à Cibeles, et de là encore un autre jusqu'à chez elle. En sortant, elle tomba de nouveau sur lui, adossé à une voiture, nerveux, jouant avec le cordon de sa veste à capuche, Nando faisait mine de consulter son portable, mais dès qu'il l'entendit demander à Rocío où était l'arrêt de bus, il chercha son regard.

— Écoute, tu vas mettre des plombes à rentrer si tu prends le bus de nuit. Tu peux venir chez moi si tu veux, et tu t'en vas quand tu te réveilles. Je dormirai dans le canapé, ne t'inquiète pas.

Même si son ton plaintif, sa stratégie d'éloignement du groupe pour forcer l'intimité lui semblaient lourds, Alicia accepta, histoire d'éviter les heures qui l'attendaient de bus en bus avec des types bourrés qui s'obstineraient à lui parler, de ne pas affronter seule les rues mal éclairées qui menaient à son appartement. Il partit sans même saluer ses amis ; trois minutes plus tard il dit c'est ici, et Alicia reconnut l'entrée. En montant les escaliers, elle pensa qu'elle n'avait jamais couché avec le même homme deux soirs différents. Quand il y avait un lien quelconque – par une colocataire ou une collègue de travail – elle leur demandait de ne jamais donner son numéro, et se contentait de disparaître pendant qu'ils dormaient. Soudain elle eut envie de le faire : les marques de bronzage sur ses mollets bien fermes, les tupperwares vides qui attendaient la visite de sa mère.

Comment parviendrait-elle à ses fins ? Et s'il la rejetait ? Peut-être que la proposition était sincère, et qu'après sa dernière fuite il n'envisageait rien d'autre que lui offrir un toit jusqu'à ce que le métro ouvre ; on n'avait jamais dit non à Alicia, et elle n'avait jamais monté des escaliers sans au moins un baiser au bar ou une main glissée sous ses vêtements. Nando lui demanda si elle ne voulait rien boire et lui proposa un verre d'eau, ou une autre bière, il n'avait rien d'autre. Les bibelots sur le meuble n'avaient pas bougé d'un poil, mais il avait remplacé la photo de la blonde par une photo de lui avec une femme plus âgée, Alicia pensa que ce devait être sa mère, toujours dans le même cadre. Le même nez que Nando, les cheveux courts teints en rouge vif, sur fond de plage. Nando amena deux canettes, elle ouvrit la sienne, but une gorgée. Elle lui demanda ce qu'il faisait dans la vie, et il lui répondit qu'il travaillait dans un entrepôt – il ne donna pas plus de précisions – dans un quartier pas très éloigné, qu'il y allait en bus ; son oncle coordonnait la préparation des commandes. Quand il prendrait sa retraite, Nando le remplacerait à son poste, dit-il, se réclamant d'une étrange monarchie héréditaire du bon de commande. Alicia ne lui en dit pas plus sur elle : l'information de l'autre nuit suffisait. Elle se tourna pour le regarder, mais il répondait sans quitter des yeux l'écran éteint qui lui faisait face. Elle se penchait pour l'écouter, et entendait en même temps tout son corps se tendre. Ça n'avait rien à voir avec le désir, c'était même tout le contraire : elle voyait qu'il avait peur. Nando n'avait pas compris pourquoi elle était partie comme ça, sans dire au revoir alors que tout s'était bien passé, qu'ils avaient discuté de choses qui semblaient importantes, et pendant des semaines il avait pensé qu'il avait dû lui faire mal, ou dire quelque chose de déplacé. Alicia dut s'empêcher de rire en l'imaginant rongé d'angoisse au milieu des rouleaux de gros scotch, ou la tête de ses camarades de cyclisme quand ils l'avaient vu aussi abattu, et elle s'aperçut qu'il parlait trop, que ça la dérangeait, dans sa tête le murmure de sa voix, des mots épars : première, ex-fiancée, non plus, aucune, et donc, et en entendant « et donc » quelque chose vint secouer Alicia et donc je veux dormir avec toi, lui dit-il, je veux dormir avec toi, aujourd'hui. Nando se leva, lui prit la main et la conduisit jusqu'à la chambre, en bon prince charmant du ruban adhésif. Ensuite, la routine : quelqu'un déshabille quelqu'un, quelqu'un mord le cou ou l'épaule, quelqu'un halète, quelqu'un scrute le plafond, quelqu'un conclut, bien, c'était bien, oui, bien. Alicia ferma les yeux pour essayer de dormir, et sentit Nando glisser un bras derrière son dos, l'autre sur sa poitrine, son corps allongé de profil, sa bouche près de son oreille.

— Alicia, tout ce que je te demande c'est d'être gentille avec moi.

C'était si ridicule qu'elle décida de rester après le lever du jour, et même de passer la journée là. Nando appela son club pour qu'on ne l'attende pas, à cause de l'anniversaire de la veille, et il envoya un message à sa mère pour lui dire qu'il irait la voir le lendemain, qu'il ne se sentait pas très bien après la fête. Ils firent l'amour plusieurs fois et parlèrent longuement, d'un peu de tout : le cyclisme, l'entrepôt, ses amis d'enfance, la maladie de son père et la mort de son père, la joie quand on lui avait accordé le prêt pour l'appartement, un magnifique voyage dans les Pyrénées, le sentiment qu'il avait perdu tous ses repères quand elle avait décidé de rompre avec lui. Alicia trouva l'expression amusante, perte de repères, plutôt que douleur ou rage : l'amour comme une carte routière. Il l'accompagna jusqu'au métro et elle lui donna son téléphone – le vrai numéro – en le quittant. Nando lui envoya un message à la station Ventas en lui disant qu'elle lui manquait déjà, et il l'appela le mardi. Le samedi ils se donnèrent rendez-vous dans le quartier de La Latina, et décidèrent de partager un taxi jusque chez elle : c'était la première fois qu'Alicia dormait dans son lit – dans son lit à elle, pas le sien à lui – avec un homme. Elle ne comprenait pas pourquoi : si pendant l'amour elle fermait les yeux pour éviter de le voir, si en écoutant ses histoires son premier réflexe était la moquerie, pourquoi toute la semaine Alicia pensait à ce qu'il était en train de faire, et répondait dans la minute à ses messages ? Elle éprouvait pour lui un mépris proche de la tendresse, sur un mode pervers et jouissif. Le week-end suivant, chez elle, elle lui dit que son contrat touchait à sa fin, qu'elle n'avait rien trouvé d'autre et qu'elle quittait son appartement, si jamais il entendait parler d'une chambre à louer. Pas question : Alicia vivrait avec lui jusqu'à ce qu'elle trouve un autre travail et qu'elle puisse payer quelque chose d'elle-même. Ils déménagèrent ses vêtements et quelques ustensiles chez lui et elle se mit à venir le chercher à l'arrêt de bus, à remonter la rue d'Alcalá à ses côtés, à reconnaître l'odeur de sa merde le matin. Elle dut attendre presque un an avant de trouver du travail, grâce à un ami de l'oncle de Nando. À ce moment-là, il était déjà tombé amoureux, et elle s'était fatiguée de définir des zones de recherche, un nombre minimum de mètres carrés et un prix maximum sur les sites de location. Au bout d'un an, un an et demi, Alicia est incapable de préciser quand, elle ne sait plus, il l'a demandée en mariage et elle a commencé par refuser, mais Alicia le sait bien : si elle veut obtenir quelque chose, elle doit offrir quelque chose. Elle a dit oui.

Avant qu'elle ne s'en rende compte, Alicia était devenue sa mère : les bracelets dorés – elle se souvient de moins en moins de son visage et de plus en plus du tintement à ses poignets. Comment va Carmen ? S'est-elle habituée à préparer des pois chiches aux épinards du lundi au vendredi et des grillades le dimanche ? A-t-elle parfois des regrets ?

Alicia ne s'est pas laissée apprivoiser avec le mariage : au début, Nando insistait pour savoir ce qui était arrivé à sa mère et à sa sœur, et elle répondait rien du tout, pour ne pas lui mentir. Il n'était rien arrivé. Parfois, elle disait qu'elle ne s'entendait pas bien avec elles, et il s'énervait, parce qu'une mère et une sœur on n'a pas à s'entendre ou pas : tu ne vas pas boire des bières avec elles, ou leur raconter tes petits secrets. Nando la poussa à inviter l'oncle Chico à Madrid, pour le rencontrer, et en réaction Alicia espaça ses appels, de plus en plus, une fois toutes les deux semaines, une fois par mois, une tous les deux ou trois mois. Elle ne pouvait pas refuser tout contact avec sa famille à lui : elle tolérait quelques jours à la plage avec sa mère – son frère faisait sa vie – mais elle exigeait de Nando qu'il commence le séjour tout seul avec elle. Si la mère réservait un appartement pour une semaine, ils partaient le dimanche et Alicia les rejoignait le mercredi ou le jeudi. Comme ça vous profitez l'un de l'autre, s'excusait Alicia devant sa belle-mère, sans que celle-ci la contredise. Au cours de leurs premières vacances ensemble, Nando lui proposa un compromis : une semaine à Oropesa tous les trois, et l'autre juste tous les deux. Elle négocia : vous y allez en premier en voiture, moi je viens en bus au milieu de la semaine, le dimanche ta mère rentre avec tes oncles, et toi et moi on part ailleurs. Nando accepta.

Il partit le dimanche, et Alicia se réserva son lundi : elle éteignit son portable, fit la grasse matinée, déjeuna d'une pizza congelée et s'offrit une sieste. Puis elle prit une douche, mit une robe à fleurs qu'Isabel lui avait offerte – trop grande pour elle, elle allait parfaitement à Alicia –, et marcha vers le sud pendant quarante-cinquante minutes. Elle repéra la station de métro San Blas, et chercha un bar : une bière, une *tapa*. Elle s'assit à la terrasse et en engloutit une, puis une autre : quand la nuit tomba elle rallia le comptoir, et se mit à observer le serveur.

Pas le jeune qui s'occupait des tables dehors, presque un adolescent, aux cheveux bouclés ; mais celui qui était un peu plus vieux, quarante et quelques, grandes rouflaquettes, sourcils abondants qui se rejoignent pour n'en former qu'un. Alicia ne parvenait pas à reconnaître son accent, parce qu'il forçait sa prononciation pour le dissimuler : comme s'il avait honte d'avaler les *s* au pluriel, de montrer qu'il venait de là où on avale les *s* au pluriel, comme elle. Ce fut le premier détail qui l'attira. Et puis sa conversation, bien sûr : ses efforts pour démontrer que le monde entier s'était assis sur le tabouret qu'elle occupait en ce moment même, les rois du monde sirotant de la mousse dans un rade de San Blas. Alicia connaissait les étapes, elle n'avait pas perdu la main : elle écouta attentivement, cessa de boire et mangea un peu plus – parfois, dans les moments de chômage ou de bas salaire, elle faisait ça dans les bars, pour économiser –, et quand le serveur ferma, il lui demanda si elle voulait manger autre chose dans la cuisine, même si tout le monde était déjà parti. Alicia rentra chez elle et dans son cauchemar la terre sentait l'huile brûlée. Le mardi matin, elle nettoya les pièces une par une, alluma son téléphone, elle avait reçu un seul texto : Nando, le lundi soir, lui avait dit qu'il l'aimait. Elle répondit qu'elle aussi, ouvrit les fenêtres du salon et tira les rideaux pour une meilleure aération.

Elle prit l'habitude de récidiver de temps en temps. Pendant cette parenthèse de vacances qu'elle gardait pour elle, quand Nando et sa mère la laissaient seule : parfois tous les soirs du dimanche au mercredi, parfois juste un soir, en fonction de ses envies. Elle profita de l'hospitalisation de l'oncle de Nando, quand il avait dû passer quelques nuits à le veiller ; et quand il partait en excursion plusieurs jours avec ses amis du club de cyclotourisme, profitant d'un pont ou d'un jour de congé à l'entrepôt. Un client qui ne voyait pas d'inconvénient à rentrer un peu plus tard chez lui, ou un homme qu'elle repérait dans un wagon de métro, et à qui elle demandait s'ils ne se connaissaient pas, s'ils ne s'étaient pas déjà vus. Elle ne fait jamais ça si Nando l'attend à la maison : plus par commodité que pour ne pas le blesser.

À trente ans, Alicia va cesser peu à peu d'être un coup de chance ; si elle veut garder son statut elle devra revoir à la hausse la limite d'âge et assouplir ses exigences. Elle l'a remarqué dès ses vingt-cinq ans, et aussi quand elle a pris un peu de poids : les réponses immédiates prenaient plus de temps que d'habitude. C'est pour ça qu'elle a retrouvé ses premiers élans : pas le bégaiement de Miguelín, ni le psoriasis de Juan Antonio López, mais le garçon de la classe d'à côté et ses doigts palmés, le gars qui déjeunait au restaurant et qui n'avait plus de jambes en dessous des genoux. Quoi qu'il en soit, Alicia préférait de loin la médiocrité : s'exciter sur un défaut physique était une perversion trop évidente, elle ne se prend pas pour quelqu'un de brillant, surtout au vu de sa biographie, mais elle respecte l'intelligence qui lui a permis de survivre. Ce pauvre diable de la fac, Diego, qui mettait toute son énergie à cacher où il travaillait, et à prononcer les noms de quatre ou cinq réalisateurs classiques de cinéma, en les exhibant comme si lui seul avait accès aux complexes secrets de son art, alors qu'il sentait le poisson en permanence. Même Nando, avec sa manie ridicule, tous les dimanches matin, d'enfourcher son vélo en compagnie d'un peloton de types aussi gris que lui. C'est cela qui intéressait Alicia : qu'on fasse mine d'être quelqu'un qu'on n'est pas, qu'on s'efforce jusqu'à la caricature en étant tout sauf intéressant. Cela. Mais plus le temps passe, moins ces hommes absurdes montrent un quelconque intérêt pour ses mains ridées, les taches qui apparaissent sur la peau de son visage, les valises sous ses yeux ; eux aussi ont leurs rides et leurs taches et leurs valises sous les yeux, et s'ils acceptent une femme comme eux, ils préfèrent quelqu'un d'accommodant, qui accepte leurs performances sans ironie. Alicia a compris qu'il n'était pas si facile de les rencontrer, et disposant de peu de temps elle préfère miser sur des valeurs sûres : des hommes qui approchent de l'âge qu'aurait aujourd'hui son père, des hommes de son âge ou un peu plus vieux avec un défaut physique manifeste, comme ceux qu'elle observait dans son adolescence, tout en les écartant. Une boiterie très sévère, un tic qui entrave la parole. Elle ne veut pas de malades ; pas pour l'instant.

Parfois, Alicia a eu l'impression de reconnaître les traits de son visage, ceux d'Eva, de sa mère, ou de l'oncle Chico chez la femme qui s'asseyait en face d'elle dans le métro, la grand-mère qui offrait une sucette à son petit-fils à la gare. Les noms de famille[1] de l'oncle Chico sont si banals que, si Alicia veut chercher la mère de sa mère, elle aura des dizaines de résultats. Et si elle était déçue ? Si le caractère était transmis par les gènes, comme la couleur des yeux ou la forme de la bouche ? Alicia s'est posé la question, en arrivant à Madrid, les premiers temps, jouant avec l'idée qu'elles pourraient se croiser ; elle eut bientôt d'autres sujets de préoccupation, et finit par oublier. Cette question, elle se l'est posée toute sa vie : dans quel but faisons-nous ce que nous faisons ? Vous auriez peut-être dû faire de la philosophie, entend-elle dire à l'homme, en même temps qu'elle le

1. En Espagne, on porte le nom de famille de son père et de sa mère.

pense, elle n'arrive pas à savoir si c'est un conseil ou un reproche. Pourquoi donc ai-je monté ces escaliers et proposé de dormir avec lui, où irai-je si ce truc s'arrête, ce truc se serait déjà arrêté si j'avais eu un endroit où aller, ce truc n'aurait jamais commencé si j'avais eu un endroit où aller. Toute sa vie, elle s'est posé la question : pourquoi mon père s'est tué ? Mon père s'est-il tué pour de l'argent ? Mon père se sentait-il incapable d'affronter ses dettes, d'arriver à les payer, de s'en sortir ? Sa mère avait réussi avec une relative facilité : elle avait ravalé son orgueil et recommencé à zéro. À moins qu'il n'ait eu peur de reconnaître face à sa mère que la vie qu'il lui avait promise avait des fondations si fragiles qu'elle allait s'effondrer avant même qu'ils la vivent ? Jusqu'où était-il coupable, ce corps d'homme qui boite ? Et sa mère ? Et elle, et Eva ? Eva, qui étalait ingénument sa maison aux mille télés devant les petites filles pauvres, la joie qu'elle avait perçue chez elles quand elles avaient reconnu les mots de sa mère, la vie épanouie qu'elle leur prête quand elles repenseront à la chute d'Alicia, à la chute d'Eva, à la chute de Carmen. Petite, Alicia se mettait pile au milieu du salon pour contempler l'extérieur sans qu'on la voie : elle voulait savoir ce qui se passait pour éviter de se faire surprendre par une catastrophe, mais elle n'avait aucune envie de faire partie de tout ça – les jeux des enfants, les promenades de ses camarades de classe, les adultes qui rentraient du travail. Que toute sa vie tienne dans cet espace minuscule, juste assez grand pour les deux pieds d'une enfant de onze, douze ou treize ans ; sans besoin de manger ni de dormir, de parler avec qui que ce soit, simplement se contenter de regarder la réalité sans avoir à y plonger. Mais ce désir avait été brisé par sa mère, par ses mains douces à force de ne jamais vouloir travailler, l'ambition d'avoir plus que ce qui vous est dû et de camoufler – dans des sacs du Corte Inglés, sous le maquillage acheté le week-end à Barcelone ou à Madrid – l'endroit d'où l'on vient, la chambre partagée avec l'oncle Chico et la tante Soledad, les habitudes de ceux qui n'ont jamais rien eu et qui d'un seul coup n'ont pas tout mais presque : des chaussures qu'on étrenne un jour où on a longtemps à marcher ; des chaussures dont l'éblouissante beauté n'efface pas la douleur des blessures qu'elles vous font en marchant. Cet endroit précis du salon, au seuil de son adolescence : c'est là qu'Alicia voudrait être, à l'époque où l'attendaient des nuits sans cauchemars, des rêves où de beaux garçons l'embrassaient, des rêves où elle habitait des maisons gigantesques.

LA JOIE

Madrid, 1998

Il choisit systématiquement le siège du couloir : dans le bus, dans le train, dans l'avion, il attend en silence que María s'installe près de la fenêtre, et alors il l'imite et se laisse tomber sur le siège. Il est toujours inquiet quand ce n'est pas lui qui contrôle le mouvement du véhicule, quand il ne conduit pas, et même pour faire une seule rue dans le quartier, il est incapable de discuter, comme si le moindre son inattendu était signe de négligence : le ronflement de quelqu'un qui s'endort au volant, le sifflement d'un wagon qui se détache des autres. Si María lui pose des questions ou fait des commentaires sur le temps qu'il fait, tu veux un peu de sandwich, j'ai l'impression qu'on va avoir du retard, il lui intime de se taire avec un index sur les lèvres, il se permet même de râler, au risque de masquer le signal de l'accident qui vient, de sorte que si le voyage oblige à sortir de la ville, María prévoit toujours un livre dans son sac, ou un magazine de mots croisés. Avec les années elle a appris à se taire dans ces circonstances, même si elle s'est aussi habituée à parler beaucoup dans d'autres circonstances. Ses amis lui disent qu'elle lui « fait la barbe » ; ce serait drôle s'il ne se rasait pas tous les matins, avant de se servir son café. À ce stade-là, María est à court de métaphores : elle préfère raconter ce qui arrive comme ça lui arrive.

Ce soir-là ils rentrent du cinéma : ils ont profité du jour du spectateur[1], ont marché vingt minutes jusqu'au terminus de la ligne, et ont pris le bus qui les amène directement chez eux ; Pedro garde le silence, se concentre sur les inattentions du chauffeur. Quand il freine devant un feu orange, il serre le poing et se frappe la cuisse, et s'il s'arrête brutalement à un arrêt – parce qu'une fille a oublié d'appuyer sur le bouton et de l'avertir – il lui échappe un « mais punaise ! » qui fait sursauter María. Elle ne sait pas si elle a envie qu'il lui propose de l'accompagner chez elle pour manger quelque chose de rapide, et rester dormir, au lieu de descendre plusieurs arrêts avant. La situation lui convient : au début ils avaient vécu chacun de leur côté parce qu'il ne voulait pas lui imposer la charge de sa famille, malades tous autant qu'ils étaient, alors qu'il venait de la rencontrer, et plus tard parce qu'elle était gênée à l'idée de s'occuper de personnes avec qui elle n'avait aucun lien. Changer la couche de la mère de Pedro lui rappellerait-il les premières semaines de sa fille ? Et si elle oubliait une partie des médicaments qui empêchaient son frère d'avoir des crises ? Aurait-il un brusque accès de violence, par sa faute ? S'en prendrait-il à elle ? Ce qu'on ne voit pas n'existe pas : Pedro qui donne à manger à son père, porte sa mère dans ses bras ou esquive un coup de son frère. C'est ce qu'il lui racontait, avec le même naturel que s'il s'agissait d'une journée remplie d'ennui, je me suis réveillé, j'ai bossé huit heures d'affilée, j'ai dîné d'une omelette, mon frère m'a

1. En Espagne, le mercredi, tous les cinémas proposent un tarif réduit à l'occasion du « jour du spectateur ».

menacé avec un couteau parce que depuis plusieurs semaines il cache son médicament dans sa bouche, sur un côté, et le crache sans que je m'en aperçoive, pendant que ma mère se plaignait parce qu'il fallait que je lui change sa couche, au moment où mon père coupait un fil de bave qui lui pendait de la bouche. Au début, elle leur rendait visite de temps en temps, le dimanche, mais elle avait fini par l'obliger à la voir seul. Quelques minutes de marche suffisaient à mettre une distance : père, mère, frère étaient des figures reconnaissables, grâce à quelques images, mais dans ses récits à lui elle les prenait presque pour des personnages de fiction, un père malade et une mère malade et un frère malade, comme dans les films.

Carmen apparaît dans les conversations de Chico sur la pointe des pieds, comme un corps qui ne trouve jamais son incarnation : Pedro non plus n'en parle jamais, il est même gêné quand il entend ce nom par hasard dans une conversation, ou quand quelqu'un le crie dans la rue. Après le mariage, Chico a tenté de maintenir un ou deux coups de fil par an, qui coïncidaient avec les visites que lui rendait Carmen : il donnait une heure à María pour qu'elle appelle et tombe sur elle. Carmen lui disait qu'elle était toujours mariée, elle évoquait ses filles et ses grossesses, la réussite de son mari, devenue la sienne, par extension. Deux ou trois minutes, pas plus, sa voix de plus en plus grave, de plus en plus étrangère, jusqu'à ce qu'elle se volatilise, un appel, puis plus rien, le silence. De temps en temps, Chico glissait un détail dans la conversation : il s'inquiétait de savoir Carmen sans travail, totalement dépendante de son mari, il lui racontait qu'Eva lui ressemblait, pour la façon d'être, c'est ce que tout le monde disait, mais qu'il avait un faible pour Alicia, l'aînée. Plus qu'un faible, précisa-t-il un jour, une curiosité. Une curiosité de voir l'adulte qu'elle deviendrait. Ce n'est pas trop tôt, non. Parfois, j'ai la sensation qu'elle régresse, de plusieurs mois, plusieurs étapes, que je parle avec une enfant qui vacille parce qu'elle ne connaît rien à rien, mais qu'elle fait ça pour prendre son élan : à la phrase suivante elle lui parle d'égal à égal. Elle vient de fêter ses treize ans et elle pense comme si elle en avait trente ou quarante de plus, c'est comme ça qu'elle se comporte, et en même temps elle choisit des mots qui ne jurent pas avec son âge, pour ne pas trop attirer l'attention. Elle ne craint pas la solitude. Elle rejette ceux qui essaient de s'approcher. Elle traite sa sœur avec mépris. Je ne comprends pas pourquoi elle a cette attitude, son père travaille toute la journée pour gagner de l'argent, elles ont tout ce qu'elles veulent, et c'est pour ça que je me demande d'où vient ce comportement, et jusqu'où ça ira.

— Ça fait combien de temps qu'on est ensemble, María ?

María est étonnée, et elle comprend qu'il veut dire autre chose. Pedro le sait mieux qu'elle : il célèbre chaque année qui passe, n'oublie jamais son anniversaire et il est capable de retrouver la date précise de tel ou tel voyage à la plage. Vingt ans et quelques, répond-elle pour elle-même, surprise que pour une fois il bouscule ses habitudes de voyage et se mette à parler.

— Pas mal d'années, non ?

— Vingt-quatre ans.

Dans le silence de Pedro, María a tout loisir de mettre en route son imagination : pendant qu'il lui pose des questions, et qu'elle calcule, et qu'il précise, avec le bruit que fait sa bouche – et le bruit qu'il suscite en retour, dans la bouche de María – le chauffeur se distrait et sa superstition s'emballe. Le chauffeur ne voit rien – il fait nuit –, quelqu'un traverse sans regarder des deux côtés, l'impact d'un corps qui se précipite contre la carrosserie du bus, du sang noir jusque dans le caniveau ; quelqu'un est trop pressé de rentrer chez lui, ou de s'enfuir de chez lui – c'est un endroit peu éclairé –, un coup de frein qui évite l'accident au-dehors, au-dedans une femme qui n'a pas assez de force pour s'accrocher, la violence d'un corps précipité contre le sol du bus, du sang rouge sous leurs semelles. María meuble ainsi le silence de Pedro qui la prévient, dis-donc, c'est ton tour, tu dois me dire quelque chose. Il reprend le discours qu'il avait répété chez lui.

— Ça fait longtemps qu'on est ensemble. Nous ne sommes plus des adolescents, María. Cette situation n'a aucun sens.

Les lumières des phares rebondissent contre la carrosserie des voitures, et de temps en temps, un éclat illumine un container à ordures, quelqu'un qui promène un chien ; dehors il n'y a guère autre chose que la nuit, mais María se concentre sur ce qu'elle voit par la fenêtre, elle cherche quelque chose à l'extérieur, sans savoir quoi : elle évite Pedro et ce que Pedro a à lui dire. Tous les quatre matins il remet le sujet sur le tapis : le dimanche au bar, en plein déjeuner, il parle des repas qu'ils pourraient préparer tous les deux dans la cuisine ; le jeudi ou le vendredi, quand ils disent au revoir à Víctor et à sa femme, et qu'eux rentrent ensemble, chez eux, alors que Pedro et María s'étreignent avant de rentrer chacun chez soi. La mère de Pedro est morte la première – le père, bien avant –, un an plus tôt, tout juste, aux premiers jours de l'été ; son frère début janvier, vaincu par les médicaments. Dans les nuits qui ont suivi sa mort, María lui a proposé de ne pas rentrer chez lui pour le moment, et Pedro s'est installé avec elle : une valise pleine de caleçons, de chaussettes et de chemises, quelques pantalons pour se changer, l'étrange sensation de se coucher ensemble, de se réveiller ensemble, jour après jour. Au bout de quelques jours, María esquivait déjà les conversations juste avant de dormir, et se levait plus tôt, exprès ; Pedro se le tint pour dit, rangea son linge sale dans un sac en plastique et fit le chemin en sens inverse. Certains week-ends, il s'imposait chez María, avant de lui demander : maintenant qu'il était libéré de ses responsabilités, pourquoi ne vivraient-ils pas ensemble ?

Sur le gâteau d'anniversaire de María, on avait écrit : « Tous nos vœux, Maman ! ». Une calligraphie en lettres de chocolat sur une meringue compacte, dont le dessus était sec quand on coupait les parts. Ces vœux lui parurent étranges, cela faisait des années qu'on ne l'avait pas appelée comme ça ; peut-être qu'une autre femme, dans sa situation, se serait sentie blessée, mais elle partit du principe que presque personne ne connaissait son histoire et que cette erreur avait plus à voir avec l'ignorance qu'avec une mauvaise intention. Au sein de l'association, les filles les plus jeunes la surnommaient ainsi parce qu'elle s'occupait d'elles : si le dimanche elle avait des restes de ragoût, María les congelait, parce qu'elle savait que beaucoup parmi elles n'avaient pas le temps de cuisiner, et quand Elvira avait perdu son travail et qu'elle avait dû quitter son appartement, elle l'avait hébergée chez elle. María avait eu du mal à s'adapter, et elle s'était promis qu'elle ne proposerait plus jamais son canapé, même si une camarade en avait besoin : sa solidarité s'arrêtait là. Pourtant, à la fin des réunions, parfois, une femme vient la voir, pour lui parler d'une amie, ou d'elle-même, et lui demande de l'aide. María ne dit jamais non.

Au bout de nombreuses années, María a la sensation qu'elle occupe la place qui lui revient : au même niveau que Pedro. Pas avec lui, même si c'est ce qu'il aurait souhaité, mais dans un autre espace, similaire. Petit à petit, elle a trouvé le courage de lever la main dans les réunions, et de ne plus s'asseoir avec les autres femmes quand ils prenaient un verre : elle voulait donnait son avis sur la pétition pour un nouveau parc auprès de la mairie, décider aussi à quoi consacrer le fonds de solidarité du quartier. Tout le monde, même Pedro, la regardait bizarrement, comme si elle était sortie d'on ne sait trop où. María essayait de leur dire je suis votre camarade, je pense comme vous, je veux parler comme vous, je ne suis pas bonne qu'à vous donner raison. Elle se disait pour elle que c'était un mensonge : à force de lire et de réfléchir sur ce qu'elle lisait, elle pensait mieux qu'eux, elle parlait mieux qu'eux, elle était plus utile qu'eux. Pedro, ça ne le dérangeait pas, il le lui avait juré, mais il n'aimait pas qu'elle en fasse la démonstration devant ses amis, qu'elle l'interrompe, qu'elle dise de plus en plus avec ses mots ce que Pedro leur avait dit jusque-là avec les siens : il le lui dit un dimanche, dans le lit – le drap remonté sur le torse, elle allongée, nue, en dessous – et il souligna « mes amis », pour que María comprenne tout ce qui les séparait, eux et elle. María ne s'en laissa pas compter. Où étaient les femmes, dans les réunions de l'association ? Certaines viennent au bar pour vous accompagner, lui expliqua-t-elle ; d'autres n'osent même pas venir. Mais moi je ne suis pas comme elles, Pedro. Bon, María, ça c'est ce que tu dis. Il ferma les yeux, feignit de s'endormir, coupant court à la conversation.

Depuis qu'avec Laura elles ont décidé de s'organiser, réussi à se faire prêter le local quelques heures par jour, invité assez de femmes pour mettre quelque chose en route, María a du mal à se faire aux nouvelles habitudes : refuser les heures supplémentaires que lui propose l'entreprise – au début, elle avait dû revoir son budget à la baisse, parce qu'elle les refusait systématiquement, mais par la suite elle avait réussi à faire venir d'autres femmes pour assurer l'accueil, ce qui lui avait permis d'accepter quelques heures supplémentaires de temps en temps –, déjeuner debout la plupart du temps, en picorant des restes, et courir au local pour que Laura puisse rentrer chez elle. Maintenant, María se lève trop tôt, elle a de plus en plus de mal à ouvrir les yeux, à s'étirer, se traîner vers la salle de bain ; le chemin pour la faculté est long et les stations de métro innombrables, les trains sont vieux et la ligne est poussive, constamment en panne, une fois sur deux on doit changer de wagon. Depuis plusieurs mois, le sous-traitant l'envoie à la faculté des Sciences de l'Information, ça l'amuse d'échanger les cols-blancs contre les étudiants : ils jettent leurs papiers par terre, et elle ramasse plus de mégots, mais il y a tellement de variété dans le paysage sonore de María, qu'elle aime presque ça ; pas toujours, bien sûr, mais oui, ça ne la dérange pas comme on pourrait s'y attendre. María ne regarde pas leurs visages, toutes ces têtes qui défilent, parce qu'à cet âge-là tous les garçons et les filles lui semblent identiques : mais elle entend leurs conversations, leurs commentaires sur l'actualité, leur enthousiasme pour certains films – souvent les mêmes que ceux qu'elle va voir ; en sont-ils conscients ? –, et au moins ils l'amusent. Elle finira bien par s'habituer.

María vient de fêter ses quarante-huit ans. Quarante-huit, pense-t-elle : plus près de la mort que de la vie, dit-elle à Laura, et Laura se moque de son ton dramatique, si peu commun chez elle.

Sur le gâteau d'anniversaire, on a écrit « Tous nos vœux, Maman ! » ; Laura a fait une grimace en le découvrant, et elle a cherché le regard de María pour la prévenir que ce n'est pas elle qui s'est occupée de ça, les filles s'en sont chargées. Laura travaille l'après-midi, et le matin elle s'occupe des affaires légales du groupe de femmes : conseiller une dame qui veut se séparer mais qui n'a pas d'argent, aider une fille qui travaille dans le coin depuis des années même si on ne l'a jamais officiellement inscrite à la sécurité sociale. Après avoir quitté le quartier à la fin de ses études, avec la crise, quatre ou cinq ans plus tôt, elle était revenue chez sa mère. C'est ça qu'elle répète sans arrêt, qu'il s'agisse d'elle ou des autres femmes : c'est une histoire d'argent, tout est une question d'argent. Si on en avait, je ne dis pas qu'on ne s'en servirait pas, mais si on en avait, notre vie serait plus simple. Plus heureuse ?, lui demande parfois María. Entrer dans un magasin et acheter tout ce que tu veux, ce que tu as décidé d'acheter, sans faire de calculs, sans effort. Laura conclut en souriant, alors María, ça ne te semble pas suffisant, comme bonheur ?

Comment expliquer à Pedro que non, que ce n'est pas le moment, que là – ici – dans le bus, ce n'est pas le moment ? Alors quand ? répondra-t-il sur un ton qui fait trembler l'adverbe interrogatif, qui le rend menaçant. Viens chez moi ce soir, María souligne le pronom personnel – chez moi, dans l'appartement que je paye, avec l'argent que je gagne : c'est tout ça que le pronom indique –, et on en parle. Ici je me sens prise au piège, Pedro. S'il monte le ton, s'il emploie des mots qui lui font mal, María ne pourra pas sortir du bus : pas dans ce quartier. Un feu clignote, et un autre, au prochain carrefour, reste obstinément éteint ; la rue étroite est truffée de coins d'ombre, elle ne veut pas prendre de risques. On entend plein d'histoires sur ces rues : une femme de l'association a raconté que la fille d'un ami s'était fait embarquer de force sous un de ces porches, une autre qu'à la hauteur du numéro vingt, un homme sort son couteau dès qu'il entend le bruit des talons. Pedro, tu sais très bien que je ne vais pas descendre ici toute seule, à cette heure-là. C'est bien pour ça que je mets le sujet sur la table, María, expliquera-t-il : parce que tu n'as pas d'échappatoire, que tu es obligée d'écouter ce que j'ai à te dire.

Ce que j'ai à te dire, le moment pour le dire : Pedro a tout calculé, les mots, les chiffres, les anecdotes pour se justifier. Je ne te parle pas de nous marier, María, parce que ce serait une blague : quand nous nous sommes connus, l'idée m'aurait plu, peut-être, parce que c'est ce à quoi nous aspirons tous, aussi modernes qu'on soit, tu ne trouves pas ? Mais nous avions tous les deux une situation particulière, et c'est peut-être même ce qui a fait que nous nous sommes rencontrés, que nous nous sommes côtoyés. Maintenant que nous avons un certain âge, une robe blanche et un banquet ? Un enterrement de vie de garçon ? À notre âge ? Ce serait pas mal pour la retraite, c'est ce qu'ils m'ont dit, mais moi je te parle uniquement d'un point de vue pragmatique : je trouve ça ridicule de ne pas savoir si on va dormir ensemble ce soir, au bout de vingt-quatre ans. Faut-il vraiment que je prépare une valise pour passer un week-end chez toi ? D'accord, pas de mariage. D'accord, pas de vie commune. Mais quel mal y a-t-il à laisser quelques pantalons à moi dans ton armoire ? Même la brosse à dents, María, même la brosse à dents tu me la refuses. Je dois la ramener de chez moi dans ma veste, ou m'abstenir de me laver les dents jusqu'à ce que je rentre, quand je ne t'emprunte pas la tienne.

Du discours de Pedro, María retient les détails. Ses pantalons à lui dans son armoire à elle, sa brosse à dents à elle contre ses dents à lui. Lui, comment l'appeler ? Fiancé, compagnon, camarade. « Fiancé » sonne adolescent, et un peu déplacé même les premières années ; « compagnon » suppose une proximité, une vie commune, qu'il essaie d'imposer et qu'elle refuse. María préfère le mot « camarade », et, quand elle l'emploie, il y a toujours quelqu'un pour lui répondre : camarade de quoi, de travail, de classe, en éclatant de rire. Camarade de vie, camarade d'idées, précise-t-elle : elle fait tout son possible pour ne pas tomber dans l'émotion. Une robe blanche de mariée, qu'on lui aurait sûrement prêtée, comme pour Carmen : une robe blanche de mariée pour elle, ses rides, ses cheveux blancs – elle songe à se les teindre dans une couleur extravagante, orangé ou rouge brique – ; une robe avec un voile de dentelle, elle à son âge déguisée en gâteau meringué, le dessus aussi sec que ce gâteau d'anniversaire. L'enterrement de vie de garçon, dans quel bar on l'organiserait, et qu'est-ce qu'on y ferait, les mains dures de Pedro sur la peau ferme d'une jeune fille. Arrivée à ce moment du récit, la possibilité finit par réconforter María, plus qu'elle ne la dérange.

Pedro insiste : María, pense à l'aspect financier. Ce qui compte, toujours : l'aspect financier. Aujourd'hui le trajet du retour s'allonge, comme si le bus faisait des allers-retours d'un bout à l'autre de la ville, traversant et retraversant le fleuve, même si de temps en temps María reconnaît une enseigne, une vitrine, et qu'ainsi elle peut calculer le temps qu'il lui reste jusqu'à l'appartement de Pedro, jusqu'à son appartement à elle. Ce que Pedro tente de dire à María c'est que s'ils vivaient ensemble, elle économiserait un loyer, elle n'aurait plus à dépenser tout son salaire : il lui explique qu'il est parfaitement conscient que c'est un vieil appartement, qui a vu passer trop de cadavres – deux morts dans la chambre principale, le père et la mère, les deux pendant leur sommeil, et un autre sur le canapé, devant la télé : quand Pedro était rentré du travail le corps encore chaud de son frère, les applaudissements du public dans une émission de la troisième chaîne –, mais ils pourraient peut-être le retaper, et pendant ce temps ils iraient s'installer chez elle. Tout ce que dit Pedro, il l'a consigné au dos des prospectus glissés dans sa boîte aux lettres : sur une pub pour un électricien (Yeison, son numéro de téléphone, et, soulignée, la mention « très bon marché »), et sur les motifs kitsch d'un marabout africain (qui déjoue les sorts et le mauvais œil), il avait noté ses arguments économiques. Pedro connaît bien María, il sait qu'elle acceptera s'il parvient à la convaincre que vivre ensemble est sa seule chance de faire des économies. Pedro voudrait la prévenir, María, regarde tes mains : regarde la peau fendillée de tes mains, je ne t'ai jamais connu d'autres mains, mais avec le temps elles se sont couvertes de toute la saleté des autres, une couche et encore une couche et encore une couche de cette famille-ci et de cette famille-là et de ce cadre sup et de ces gamins. Pedro voudrait la prévenir, María, palpe ton dos : palpe ton dos qui se plaint de passer la serpillière, de se courber pour frotter une tache qui ne part pas sur le sol. María n'arrivera pas à supporter longtemps les douleurs qu'elle arrive encore à cacher, et dans l'entreprise on renvoie certaines des plus anciennes, parce que les Péruviennes prennent moins cher tout en faisant plus d'heures ; l'indemnisation de licenciement est compensée par ce qu'ils économisent en salaires. Quand tu demandes un congé parce que tu es malade, qui te dit qu'on ne te remplacera pas par une employée qui coûte moins cher ? Il y a toujours quelqu'un qui a plus besoin du fric que toi.

Très bien, Pedro. Retapons ton appartement, l'appartement de tes parents, échangeons la baignoire contre un bac de douche, débarrassons-nous de la gazinière au butane ; vivons ensemble. Que va-t-il se passer ? Quelle place j'aurai ? Toute la maison, María : la chambre, la petite pièce, la cuisine. Non, je veux parler de ma position dans le couple. Est-ce que je devrai expliquer où je vais, avec qui, pourquoi je rentre tard ? Est-ce que tu me demanderas des explications si je dîne avec Conchita et Laura, et si on discute un peu trop longtemps, et que j'ai peur parce qu'il est tard, et que je reste à dormir chez l'une d'elles ? Est-ce que je devrai t'appeler pour m'épargner une engueulade le lendemain ? Je suis née pour me marier et avoir des enfants, et cuisiner, et faire le ménage, et peut-être pour travailler à l'extérieur pendant que je ne travaille pas à l'intérieur ; mais ma vie a pris un autre chemin, et j'y tiens.

Évidemment, ces mots ne sont pas prononcés à voix haute. Elle les pense pendant que Pedro déroule son discours, saute d'un argument à l'autre : une seule facture de téléphone, d'eau et d'électricité, une station de métro de gagnée pour aller au travail, des économies sur les courses ; María, comme presque tous les dimanches, tu cuisines pour toi, eh bien maintenant tu cuisinerais pour toi et pour moi. À chaque mot Pedro perd un peu de hauteur, ses cheveux tombent, ses cernes se creusent : María le voit vulnérable, très fragile, comme quand il lui demandait de ne pas ouvrir la bouche pendant les réunions, qu'elle le laisse parler, qu'elle le laisse parler. María a fait un pas de côté, et avec Laura elle a fondé le groupe de femmes de l'association, souvent le soir elle passe son chemin quand elle les aperçoit dans le bar ; elle comprend le besoin qu'a Pedro d'être reconnu autrement, pas comme celui qui s'est fait rejeter par sa femme – fiancée, compagne, camarade –, qui est devenue son ennemie et a refusé de vivre avec lui, mais comme celui qui peut maîtriser la situation ; la dominer. Ce n'est pas une question d'argent, conclut María intérieurement, mais de pouvoir. Il veut démontrer à ses amis – que María considérait aussi comme les siens – le pouvoir qu'il a sur María. Il insiste, moins de dépenses, plus d'économies, je dis ça pour toi, pour ton bien ; il souligne que sa vie – sa vie à lui – restera heureuse, quoi qu'il arrive, qu'elle vive avec lui ou non, mais la sienne à elle sera meilleure, moins de dépenses, tes mains et ton dos, tu as quarante-huit ans. Et toi cinquante-quatre, Pedro ; tu as perdu quelques dents et tu essayes de faire pousser tes cheveux pour dissimuler un début de calvitie. Elle ne lui répond pas ça, parce qu'on parle là de corps différents, parce que lui insiste sur sa santé alors qu'elle attaquerait sa dignité, et qu'elle n'a pas envie de le blesser : Pedro ne mérite pas qu'on lui fasse du mal, mais elle ne veut pas non plus le laisser triompher.

— Pedro, c'est une décision importante. J'aimerais bien y réfléchir calmement. Je ne peux pas te répondre ici, dans un bus.

Si María acceptait la proposition de Pedro, que lui resterait-il ? L'appartement qu'elle loue, où elle vit, María l'appelle « ma maison » – ici l'expression est trompeuse –, c'est le deuxième depuis qu'elle a quitté celui de sa tante, et elle perdrait un loyer modeste et une propriétaire qui réagit promptement aux problèmes ; elle n'a jamais envisagé d'acheter quoi que ce soit parce qu'elle n'arriverait jamais à économiser assez pour avoir un apport suffisant à elle seule, et en outre aucune banque n'accorderait de prêt à quelqu'un dans sa situation, de sorte qu'elle accepte ce piège que lui tendent ses propres mots, « chez moi », « ma maison », un ensemble de pièces au nom d'une femme qui est retournée dans son village et qui prie pour que María touche le gros lot ou qu'elle rencontre un homme gentil, et qu'elle quitte l'appartement, ce qui lui permettrait d'augmenter le loyer. Si elle acceptait de vivre avec lui, elle devrait se débarrasser de ses meubles, au moins une partie ; elle ne saurait pas comment garder ses livres sans les mélanger à ceux de Pedro. Dans quel couple peut-on avoir des bibliothèques séparées ? María a besoin de garder ses livres, avec les soulignements, les pages cornées, les billets de bus et les tickets de ciné et de théâtre qui lui servent de marque-pages, pour que plus tard, en les retrouvant, les livres eux-mêmes puissent lui raconter l'époque à laquelle elle les a lus. Et si elle demandait à Pedro qu'il lui réserve la petite chambre ? Chico vient la voir une fois par an, dans le meilleur des cas ; elle n'a pas besoin d'un lit en plus. Peut-être qu'elle pourrait installer un fauteuil confortable pour lire, au lieu de le faire dans le canapé ou le lit. Qu'est-ce qu'il lui reste si elle perd son chez-elle qui n'est pas chez elle, son appartement qui n'est pas son appartement ? Et si ça ne marche pas, la vie commune, et que cette longue relation pacifique explose en plein vol en se normalisant ? Elle se surprend à dire ce mot, normaliser : María ne voit rien de bizarre dans leur relation, malgré toutes les remarques qu'on lui sert quand elle dit que oui, ils sont ensemble depuis très longtemps, mais qu'ils vivent séparément, qu'ils n'envisagent pas de vivre autrement. Et si ça la gênait qu'il ne baisse pas la cuvette des toilettes, qu'il oublie de refermer le gel douche ? Dans les films c'est ce qui arrive. Devra-t-elle tout recommencer à zéro, chercher un nouvel appartement, acheter de nouveaux meubles, apprendre un autre itinéraire pour aller jusqu'au métro ? Est-ce que ça vaudra le coup de revenir dans son ancien quartier pour continuer d'acheter chez le même boucher, la même vendeuse de fruits ? Au point où ils en sont, est-ce qu'ils doivent vraiment tout changer ? C'est une question d'argent, pense María, et une question de pouvoir. Ça se bouscule dans sa tête ; dans le bus, Pedro continue son laïus sur la vie commune, l'argent économisé, le corps de María qui vieillit, s'épuise, s'use. Dans la rue, dehors, d'autres choses arrivent, c'est ce que María observe : à mesure que le bus approche de son terminus, la rue s'élargit, devient une avenue, et gagne en luminosité – plusieurs réverbères sur quelques mètres de trottoir –, on voit même quelques bars qui ont déjà monté leur terrasse d'été. Je prendrais bien un verre, pense María, interrompant le flux de ses pensées ; si Pedro n'avait pas décidé de me faire cette scène maintenant, je lui aurais proposé de prendre une bière ici même, avec quelques olives, avant de rentrer main dans la main. Il y a un autre point de vue sur ce qui arrive : les gens qui montent dans le bus entendent des bribes de leur conversation, et quand ils descendent ils se demandent qui ils sont. Les histoires qu'on inventera sur eux l'amusent : en fonction des trous du récit – s'ils sont montés avant le fleuve Manzanares, après le début de la rue du Général Ricardos –, ce garçon qui a éteint son walkman pour les écouter racontera que lui a divorcé mais que maintenant sa maîtresse refuse de formaliser la relation, cette mère avec son fils – suspendue à ses pleurs, qui ont occulté une partie du monologue de Pedro – ne comprendra jamais que María refuse d'économiser une partie du loyer.

L'argent, le pouvoir : les deux mots s'entrechoquent dans la tête de María, qui au début pensait que Pedro faisait référence à l'amour et à l'affection, à la compagnie, à son intention de s'occuper d'elle comme il s'était occupé de sa famille auparavant. Était-elle sa famille maintenant ? Où était la famille de María ?

Tout de suite elle pense à deux noms : Chico et Pedro, bien sûr. Avec ses frères aînés elle n'a quasiment aucun contact, à part un appel pour son anniversaire et un autre à Noël, et avec Soledad les ponts sont coupés depuis la rupture avec Carmen : comme si elle se sentait coupable de n'avoir pas pu éviter qu'il lui arrive la même chose qu'à María, comme si elle sentait que Carmen était sa responsabilité, et qu'elle avait failli. Elles s'appellent, se racontent des choses, Soledad lui a même rendu visite, mais sa sœur semble toujours lui demander pardon. Encore deux noms : Laura, Conchita. Les femmes de l'association qui sont proches d'elle en âge : Maribel, qui savait pour Carmen, et Mercedes. Quelques-unes parmi les plus jeunes, qui l'appellent maman et écoutent ses recommandations de livres et de films ; et même Elisa, qui au bout de quelques semaines, lui avait avoué, honteuse, qu'elle l'avait prise pour une menteuse, ou une cachottière, parce qu'elle n'aurait jamais pensé qu'une femme de ménage comprenait toutes ces histoires. Par le hasard des choses – elles ont fait leur apparition au cours d'un déjeuner, d'une réunion, ou dans la file d'attente du marchand de chaussures – María a tissé un réseau sur lequel elle peut s'appuyer quand elle tombe malade, quand elle a besoin de l'avis d'une tierce personne.

Mais il n'est pas question de famille, ni d'amour : simplement d'argent. Pedro gagne plus qu'elle, même si pas tant que ça – tous deux partagent la même hésitation avant de demander un deuxième verre au bar –, et lui non plus n'aurait jamais pu acheter tout seul l'appartement où il vit. Il en a hérité parce que ses parents se sont installés dans le quartier à l'époque où il était peu fréquentable, et très bon marché, et parce que tous deux travaillaient. Le frère de Pedro est mort et Pedro a survécu à tout le monde – acheteurs, propriétaires, occupants –, ce qui fait qu'il a hérité de cet appartement sur cour, minuscule pour quatre mais suffisamment grand pour une ou deux personnes. Un coup de chance : un hasard qui lui donne un certain avantage – un certain privilège – comparé à María. Quels arguments a-t-elle pour négocier ? Sa générosité est-elle un argument ? Son corps est-il un argument ? Comment expliquer à Pedro que sa façon de lui proposer de s'occuper d'elle n'est pas la façon dont elle souhaite qu'on s'occupe d'elle ?

— Qu'est-ce que tu veux obtenir avec ça Pedro ?

— Je ne te comprends pas. Tu crois que je veux obtenir quelque chose ? Je fais ça pour toi. Tout ça, je l'ai pensé pour toi.

— Ce n'est pas mon impression. Tu veux démontrer quelque chose à quelqu'un ? Tu fais tout ça pour moi, vraiment ?

— María, tu as déjà un certain âge et tu ne peux pas continuer à te comporter comme une adolescente. Tout ce que tu fais, tu le fais sans penser aux conséquences. Parfois ça ne regarde que toi, personne d'autre, mais d'autres fois, ça peut toucher d'autres personnes. À seize ou dix-sept ans, tu avais une excuse, dans tous les cas de figure ; mais tu ne peux pas agir comme si tu étais seule. Maintenant tu es avec moi : ça fait des années et des années que tu es avec moi. Moi aussi tu vas m'effacer comme tu as effacé le reste ? Nous ne sommes pas une note griffonnée au crayon à papier sur un cahier : il ne suffit pas d'un geste pour qu'on arrête d'exister. Nous sommes là. Ta fille, tes petites-filles. Tes frères. Moi.

— Pedro, laisse-moi sortir. Je vais descendre. Je préfère rentrer toute seule.

— Ce n'est pas ton arrêt, María. Ce n'est même pas mon arrêt.

María se lève, et, debout, elle attend que Pedro se redresse ou au moins bouge ses jambes pour la laisser passer. Ils se jaugent alors que l'autobus continue d'avancer ; María étire tout son corps pour appuyer sur le bouton, et prévenir le conducteur qu'elle descend au prochain arrêt. Pedro finit par céder ; il lui laisse à peine la largeur d'une main pour sortir.

— On en reparle demain, Pedro. Ce sera mieux demain, on sera plus tranquilles.

Pedro ne lui répond pas. Des édifices un peu plus hauts que le sien, aux façades sales : cette partie du quartier dit vaguement quelque chose à María : ils traversent à nouveau une portion de rue peu éclairée, mais l'avenue n'est qu'à quelques mètres, de sorte qu'elle pourra rentrer chez elle sans accélérer le pas, ni se retourner sans arrêt pour vérifier que personne ne la suit. Quand le bus s'arrête, María oublie de calculer la distance qui le sépare du trottoir, et son pied droit se heurte à la bordure. Elle tombe – la chair, les os, les cheveux gris, les rides –, se relève comme elle peut, tranquillise la femme qui s'est précipitée pour l'aider depuis le fond du bus. Au bout de quelques pas, elle porte sa main à son menton, et remarque le sang qui commence à couler. Tandis qu'elle l'essuie avec un mouchoir, le bus s'éloigne et elle regarde Pedro qui lui tourne le dos.

Est-ce qu'elles me ressemblent ? Parfois, María meurt d'envie de le demander à son frère : est-ce qu'il y en a une qui me ressemble ? En pensant aux filles de Carmen – comment utiliser l'expression « mes petites-filles », puisqu'elle ne fait pas partie d'une famille, puisqu'elle en a été expulsée ? – il lui suffit de s'approcher du miroir : elle leur prête ses grands yeux clairs, le menton qui domine le visage, les cheveux épais et presque blonds les mois d'été, la peau si blanche qu'elle laisse affleurer tous les vaisseaux sanguins. Quand elles vaccinent Eva, est-ce que les infirmières la félicitent pour les veines de ses bras, si faciles à trouver ? Pendant ses vacances à la plage, est-ce qu'Alicia se réfugie sous le parasol par peur des coups de soleil ? Ou préfèrent-elles toutes les deux laisser les rayons fondre sur leur chair fragile et jouer en plein soleil ? Chico lui a raconté que l'une d'elles, la plus grande, refuse le contact avec les autres, alors que la petite donne la main aux inconnus ; elle se sent plus proche d'Eva dans ce cas-là, mais elle aimerait bien connaître Alicia pour mieux comprendre ce que Chico lui raconte. Quand son frère lui propose de lui montrer une photo des filles, ou qu'au téléphone il lui annonce qu'il va peut-être lui envoyer une photo de communion, ou une photo de la kermesse de fin d'année, María refuse : elle préfère ne pas savoir à quoi elles ressemblent, ce moment d'imagination face au miroir lui suffit, ses yeux dans le visage d'Eva, ses cheveux sur la tête d'Alicia. Si je ne les vois pas, elles n'existeront jamais ; si un jour l'une d'elles veut écouter ma version de l'histoire, je serai ravie de lui raconter, mais je n'irai pas les déranger.

María ouvre la porte de chez elle ; elle est trop nerveuse pour réussir du premier coup. En montant les escaliers, elle entend sonner un téléphone ; elle pense que c'est peut-être chez elle, peut-être Pedro, pour s'excuser, elle se demande si elle va décrocher. Elle prend son temps, et la sonnerie se prolonge, jusqu'à ce qu'elle s'épuise ; trente secondes et de nouveau quelqu'un insiste. María l'entend depuis la salle de bain, elle désinfecte sa blessure – maintenant elle va devoir redescendre à l'entrée, refaire tout le chemin en sens inverse pour vérifier qu'elle n'a pas semé des petites gouttes de sang partout –, elle pense que peut-être demain elle devra aller chez le médecin, pour se faire soigner, et éviter une infection. Quelqu'un insiste, rappelle encore une fois, María se plaint à voix haute et jette la serviette. Lentement, elle marche vers le salon, décroche : la voix de son frère.

— Ah, enfin María. Écoute-moi. Je t'ai appelé tout l'après-midi. Heureusement que tu me réponds. Je ne suis pas censé le faire, mais je dois te le dire. Il s'est passé un truc effroyable.

LA NUIT

Madrid, 2018

Les passagers se pressent dans la station de métro. Alicia a du mal à passer les tourniquets ; les rames qui vont vers le centre ne sont pas bondées, mais tout le monde descend à la gare d'Atocha si bien qu'elle n'arrive pas à atteindre le wagon. Elle maudit sa collègue, qui lui a demandé de rester un moment – d'abord une heure, puis deux ou trois – parce que l'amie qui devait rester avec les enfants lui avait fait faux-bond, et qui l'a obligée à sortir du travail plus tard que d'habitude. Elle a entendu parler de la manifestation, le matin elle a aperçu les femmes rassemblées dans la cuesta de Moyano, mais elle n'imaginait pas qu'elle allait en subir les conséquences : elle ne demande rien de plus que de rentrer chez elle une bonne fois pour toutes, acheter quelque chose au supermarché pour dîner, et qu'on la laisse tranquille. Parmi ses collègues des autres magasins, aucune n'a manqué le travail, bien qu'une femme soit venue à son comptoir pour lui remettre un tract – « ÉCOUTONS LA VOIX DES FEMMES ! » – qu'Alicia a immédiatement froissé et jeté à la poubelle. Elle croise des filles très jeunes, la tête maquillée, et des pancartes, des t-shirts violets ; certaines se tiennent par la main, il y a aussi quelques garçons, elle leur rentre dedans en essayant de se frayer une place sur le quai. Certaines font la grimace en la voyant remonter en sens contraire, cherchant à attraper la ligne bleue à Gran Vía, la ligne verde à Canillejas, et enfin son canapé. Elle n'éprouve pas spécialement de curiosité pour ce qui se passe au-dessus de sa tête, mais à un moment, elle décide de revenir en arrière, de se joindre à elles, sortir du métro et marcher vers Atocha. Quelque chose la conduit là. De l'entrée de la gare elle devine encore plus de pancartes, de ballons violets, entend des slogans dans les haut-parleurs. Une fille la dépasse, au bras d'une autre fille : je suis émue, lui avoue-t-elle. Alicia étouffe un fou rire qui se transforme en grognement.

Elle avance sans trop savoir où. La raison devrait la mener vers la station Menéndez Pelayo ou Palos de la Frontera, pour retrouver une correspondance avec la ligne verte, ou même vers Acacias ou Puerta de Toledo pour éviter la correspondance : la promenade ne lui dit rien, mais ne la dérange pas non plus. Elle a marché jusqu'au rond-point : de chaque côté, les gens affluent, des gens qui ne bougent plus parce que la tête de la manifestation a différé son départ, ou parce qu'il y a plus de monde que prévu. Alicia n'a jamais su se mouvoir dans des groupes de plus de cinq ou six personnes ; les fêtes l'ont toujours agacée, quand l'ami de quelqu'un se joignait à son groupe, au bar, elle prétextait un mal de tête et rentrait vite chez elle. Des gens à gauche, à droite ; des grappes un peu partout. Se souvient-elle du moment où elle a un malaise et finit par tomber ? Elle est incapable de le décrire : le choc sur le sol. Sa chute est amortie par plusieurs corps, elle se cogne à droite, à gauche, et s'effondre sur le trottoir. Elle n'a pas perdu conscience, ni fermé les yeux : têtes, t-shirts, pantalons, baskets, et puis le gris sale du sol, puis un vide autour d'elle. Plusieurs femmes lui tendent la main, mais l'une d'elles – la plus âgée – n'attend pas qu'elle réponde ; elle la prend par les aisselles et la tire vers le haut. Comme elle a surestimé ses forces, une adolescente qui l'accompagne – elle suppose que c'est sa petite-fille, même si Alicia ne leur trouve aucune ressemblance – prend sa place, et à elles deux elles arrivent à la remettre debout. Alicia a beau avoir croisé de très nombreuses jeunes filles, parfois même quelques femmes de son âge, le groupe qui l'entoure est l'exception qui confirme la règle : la majorité a cinquante, soixante ans, voire plus. La vieille dame – soixante et quelques, les cheveux teints, courts comme ceux d'un homme – lui demande si elle va bien, si elle attend des camarades, en lui offrant une petite bouteille d'eau tiède. Alicia a les yeux rivés sur le t-shirt de la fille, « FEMMES DE PAN BENDITO… UNISSEZ-VOUS ! », police Comic Sans blanc sur fond violet. Elle répond non, qu'elle rentre chez elle ; qu'elle vient de sortir du travail et qu'elle jetait un œil par curiosité.

« Moins de curiosité, plus de sororité ! », entend-elle dans son dos. La vieille dame a l'air sympathique, une petite verrue sombre sur le menton : Alicia reconnaît un accent – les consonnes qui s'effacent, les voyelles qui s'ouvrent – qu'elle a eu tant de mal à neutraliser. Tu peux rester avec nous, lui propose-t-elle, alors qu'Alicia n'arrive pas à quitter son menton des yeux ; pas la verrue, juste le menton.

Une femme tombe au sol. Se sentant vaciller elle a fait quelques pas en s'agrippant au bras d'une fille qui lui tournait le dos, à l'épaule d'un jeune homme qui tenait une pancarte, et quand ses jambes l'ont lâchée, elle a encore heurté plusieurs corps. Les autres femmes réagissent sans s'en rendre compte, elles s'écartent, quand la femme heurte le sol, elles s'éloignent ; le corps, la chute, le moment d'absence ont généré une onde expansive. María se précipite pour l'aider à se lever ; toute seule elle n'y arrive pas, le corps est trop lourd, une des jeunes l'aide. Elles finissent par y arriver, parce que la femme se reprend et y met du sien. Ça va, prends un peu d'eau, tu attends des copines : María enchaîne les questions. Peut-être qu'elle est venue à pied d'un autre quartier, comme elles, plusieurs heures en groupes depuis le sud de la ville, rejoignant petit à petit d'autres femmes venues d'autres quartiers, et qu'elle a un peu traîné, qu'elle n'a plus de batterie dans son téléphone, qu'elle n'arrive plus à retrouver les autres.

Au sein de l'association elles avaient trouvé l'idée belle : au lieu de faire un rassemblement à la gare, organiser une marche depuis le quartier où elles vivent et travaillent, se joindre à d'autres femmes qu'elles ne connaissent pas, mais qui font elles aussi des heures de bénévolat dans les associations, remplissent des formulaires, cherchent des solutions pour les problèmes des autres. C'est comme ça que l'a expliqué Laura quand elle les a informées : on partira d'ici, de la place, de cette même place où le matin nous distribuerons nos tracts, et nous expliquerons ce que nous demandons à toutes les femmes qui s'approchent, et à celles qui ne s'approchent pas, et aux hommes qui veulent bien nous écouter. On pourrait faire des ateliers d'*empowerment*, suggérèrent certaines jeunes filles, et María eut l'impression que le mot allait faire fuir certaines femmes du quartier, peu habituées à de telles expressions ; María avait souvent la sensation que leurs messages ne tenaient pas compte des femmes du quartier, des femmes plus âgées, qui au lieu de s'occuper des autres ont plutôt besoin qu'on s'occupe d'elles, des femmes immigrées, des femmes gitanes, de celles dont le corps ne rend pas si bien sur les photos des activités partagées sur les réseaux. Mais après tout, pensa-t-elle, tout ça aussi a à voir avec le pouvoir, et avec l'argent. Il fallait bien que quelqu'un l'obtienne, le défende, avant de le répartir entre elles toutes.

La femme répond que non, que pour rentrer elle doit trouver une station de métro ; en parlant, elle s'efforce de prononcer chaque son, de ne pas oublier un seul pluriel, de ne pas se tromper sur le participe, honteuse de son accent. Quand elle dit ça, plusieurs filles du groupe la rabrouent, critiquent son attitude ; mais à ce moment-là María a cessé de l'écouter, elle la regarde : le visage d'une extrême pâleur, peut-être due au malaise, les yeux minuscules et sombres, le physique de quelqu'un qui a cessé de se préoccuper de son image ; les chairs généreuses et molles, le menton couvert de petits boutons, avec quelques poils. À un moment, María pense : le menton. Les yeux ne ressemblent pas à ceux que j'ai en mémoire, d'abord les siens à lui, puis ceux de la petite : comme ma vie serait différente si je ne les avais jamais croisés. Ce n'est plus une enfant : la femme qui lui rend la bouteille d'eau a déjà la trentaine bien tassée. Elle insiste pour s'en aller, merci de votre aide ; elle remarque dans sa voix une certaine hâte, une certaine nervosité. María fait une dernière tentative, non pas pour qu'elle reste avec elles, mais pour obtenir une ou deux informations de plus : son âge exact, son nom, l'origine qu'elle s'efforce de dissimuler. Je m'appelle María, et toi ? elle espère au moins connaître son nom. Peut-être qu'elle s'appelle Alicia ou Eva ; vu son âge ça devrait être Alicia, cette gamine si intelligente et sauvage dont Chico lui a parlé, celle qui a le plus mal réagi à la mort de son père. Pourtant, María voit briller une alliance à l'annulaire de sa main droite ; Chico le lui aurait dit, il lui aurait au moins dit ça, pense-t-elle, bien qu'elle ait si longtemps refusé de savoir quoi que ce soit. À sa connaissance, les filles de Carmen ne se sont pas mariées. La femme s'arrête, se retourne à nouveau vers María ; elle ne répond pas. María lui sourit, la salue ; elle lui souhaite bonne chance. D'une certaine façon, elle se la souhaite aussi à elle-même. Elle respire avec un certain soulagement : non, ce n'est pas Alicia, ce n'est pas Eva. Elle a dû confondre, voilà tout.

Vraiment ? Elle a cru reconnaître son menton, qui la gêne tant, dans le menton de la vieille dame : Alicia, se dit-elle à elle-même, arrête de te prendre la tête. Combien de mentons mal fichus a-t-elle croisés pendant toutes ces années ? Alicia en a remarqué beaucoup, des mentons comme ça, trop prononcés, et elle n'a jamais ressenti aucun lien avec eux mis à part un mauvais tour de son physique. Alors qu'elle marche sans but, en descendant la rue Santa María de la Cabeza – elle finira par trouver le fleuve, à l'autre bout de la ville –, Alicia s'efforce d'imaginer cette scène où son père à peine sorti de l'adolescence convainc sa mère, tout à fait adolescente, que donner à sa fille le nom de la femme qu'elle déteste n'est peut-être pas une très bonne idée : Alicia se serait appelée María si sa mère avait imposé son choix. Si ç'avait été le cas, le bébé de ses pensées devrait s'appeler Carmencita, le nom de la femme qui lui a bousillé la vie : un monstre d'avarice, les vêtements qu'elle porte et la nourriture qu'elle mange ont été payés par son père, par la sueur et le sang qui tachent son costume trois pièces toutes les nuits dans ses rêves. Alicia aurait dû avoir une belle vie : école privée dans un bon quartier, université de prestige, travail garanti dans l'entreprise familiale. Et maintenant en quoi consiste-t-elle, sa vie, se demande-t-elle en s'approchant d'un type qui consulte son portable assis sur un banc le long de la promenade, s'il ne la remarque pas, elle n'aura pas d'autre solution que de descendre jusqu'à Marqués de Valdillo, voir ce qu'elle peut trouver. C'est ce dont elle a besoin maintenant : un autre nom, un autre métier, une heure ou deux de bon temps, pour Nando elle trouvera une excuse. Alicia se le répète, encore et encore : qui que tu sois, ma vieille, pour toi je ne suis personne. Efface-moi comme si on m'avait écrite au crayon à papier dans la marge d'un prospectus de supermarché : un geste, et je n'existe plus. Ma vieille, ton accent, ton menton : je n'existe pas.

Quand Alicia ouvre la porte de chez elle, Nando ronfle déjà, étendu de tout son long au beau milieu du lit, bras et jambes écartés, comme pour lui dire : va-t-en. Alicia a d'abord profité du retard de sa collègue, en lui mentant : elle a envoyé un Whatsapp pour lui dire qu'elle n'avait trouvé personne pour s'occuper de ses enfants, qu'elle lui avait demandé de la remplacer. Ne te laisse pas marcher sur les pieds, lui rappela Nando : si tu acceptes une fois, qu'est-ce que tu lui diras les prochaines fois ? Elle me revaudra ça, lui a répondu Alicia, avec un emoji magique qui envoyait un baiser et un cœur en même temps. À dix heures du soir il devait déjà avoir répondu, tu sors comme d'habitude, quand est-ce que tu sors, comment ça va, tout va bien, je passe te chercher au métro. À minuit elle a éteint son portable, pour éviter que l'écran s'illumine à chaque appel de Nando. Alicia ne savait pas comment mentir : elle sentait l'alcool, mais espérait que le vomi passerait inaperçu, à peine deux nausées dans les toilettes. Elle se déshabilla et tenta de se faire une toute petite place à côté de lui. Il s'en aperçut, s'écarta, et lui céda la moitié du matelas. Alicia, la deuxième fois que tu es venue chez moi. Tu te souviens ? Oui, répondit-elle. Je t'ai demandé d'être gentille avec moi. C'était ta part du contrat, et tu ne la respectes pas.

Cette fille qui est tombée à Atocha à côté de notre groupe, pense María. Comme c'est bizarre : au début ce qui m'a attiré l'attention c'est sa façon de parler, d'essayer de cacher son accent ; on voyait comment elle forçait ses *s*, ses *d*, et ça m'a fait de la peine qu'elle ait honte à ce point-là de l'endroit d'où elle vient. Mais ensuite j'ai remarqué son menton, qui a la même forme un peu molle que moi. J'ai calculé son âge et j'ai pensé qu'elle pourrait être l'aînée de mes petites-filles. Je ne sais rien d'elle : j'ai exigé de mon frère qu'il ne me raconte rien, qu'il ne me montre pas de photos. Je ne l'ai jamais cherchée, mais tout à coup : peut-être juste aujourd'hui, tout à coup, il fallait qu'on se rencontre. María a écouté ses camarades, elle a essayé de se distraire. Elles ont mis des heures à faire tout le parcours, et quand les femmes des quartiers les plus éloignés du centre ont débouché sur la Plaza de España, tout était déjà éteint, lumières et musique. Beaucoup parmi elles se plaignaient de la fatigue, de douleurs ; d'autres insistaient pour ne pas prendre les transports en commun. María leur a raconté : moi j'ai travaillé par ici, plusieurs années, dans un appartement, au service d'une mère et de sa fille. Quand la mère est morte j'étais seule avec elle, c'était le jour de l'enterrement de Franco, et la fille était au Valle de los Caídos. Et que s'est-il passé, María ? Rien. J'ai tenu encore quelques semaines, et puis elle n'a plus eu besoin de moi. Les plus jeunes sont rentrées en marchant, elles ont mis des heures. María, Laura et quelques autres sont montées jusqu'à Argüelles pour prendre le métro ; grève de la consommation, d'accord, mais il ne faudrait pas que la grève me consume moi, se plaignaient-elles. Si c'était elle, s'est demandé María, est-ce que je serais disposée à changer ma vie pour quelqu'un que je ne connais pas ? María pense à cette journée : elle devrait me remercier pour une journée pareille. Et elle compte les arrêts jusqu'à chez elle, convaincue que non, elle en est sûre : non.

María ferme la porte derrière elle : elle allume la lumière et prend le temps de faire le tour, pièce après pièce. Au moment de renouveler le bail, elle en a plaisanté avec son propriétaire, le petit-fils de la femme qui lui a loué l'appartement : quand tu le montreras au prochain locataire, tu pourras lui dire que celle d'avant a été si soigneuse que tu l'as laissée mourir ici. Il a encaissé comme il a pu, en ajoutant : pas avant longtemps, voyons. Sa chienne dort dans le salon, vieille et fatiguée comme elle ; elle a décidé de l'appeler Leidi. Elle a retapissé le canapé plusieurs fois, et remplacé sa télé au dernier Noël, un caprice ; la chambre n'a pas changé depuis des années, des décennies même, pas un bibelot sur la table de nuit. Dans le salon elle a monté des étagères pour sa bibliothèque : elle est fière de payer ses livres, de les montrer à tous ceux qui entrent chez elle. Sa vue baisse de plus en plus, elle a du mal quand la typo est trop petite. Tout ce qui est arrivé, est-ce que ça en valait la peine ? Tout, depuis le début : sans rien occulter. Aujourd'hui, par exemple : jusqu'au retour chez elle, fermer la porte, allumer la lumière du salon. Le loyer de son minuscule appartement. Son canapé. Ses étagères. Sa télé. María s'assoit un moment pour se reposer.

Composé et mis en pages
par Nord Compo à Villeneuve-d'Ascq
et achevé d'imprimer en janvier 2022
par l'imprimerie Corlet en Normandie,
en France.

MIXTE
Papier issu de sources responsables
FSC® C014496

ISBN : 978-2-413-04335-5
Dépôt légal : février 2022
Numéro d'impression : 21100074